高新东散文系列

秋色如春

高新东◎著

江苏凤凰文艺出版社
JIANGSU PHOENIX LITERATURE AND ART PUBLISHING

图书在版编目（CIP）数据

秋色如春 / 高新东著．-- 南京：江苏凤凰文艺出版社，2024.6

ISBN 978-7-5594-8273-0

Ⅰ．①秋… Ⅱ．①高… Ⅲ．①散文集－中国－当代 Ⅳ．①I267

中国国家版本馆 CIP 数据核字（2024）第 008442 号

秋色如春

高新东 著

责任编辑 梁雪波

装帧设计 融蓝文化

责任印制 杨 丹

出版发行 江苏凤凰文艺出版社

南京市中央路 165 号，邮编：210009

网 址 http://www.jswenyi.com

印 刷 南京迅驰彩色印刷有限公司

开 本 880 毫米 ×1230 毫米 1/32

印 张 8.375

字 数 167 千字

版 次 2024 年 6 月第 1 版

印 次 2024 年 6 月第 1 次印刷

书 号 ISBN 978-7-5594-8273-0

定 价 68.00 元

目　录

第二辑　秋月挂枝头

第三辑　寻常一样窗前月

第四辑　我一直在这里

序一：

书籍，是灵魂的枕头

蒋　巍

1

书海中的一片风帆。

拂过书边的一阵清风。穿行在书页之外的一些足迹。流连在字行中的一些感念。然后抵达人生之岸，身后是烛灯照亮的窗口和母亲操劳的白发。

读来亲切，在于天下同感。

读来感动，在于每人都这样长大。

2

《光阴也长大》《秋色如春》《站在岸上赏月》《飞过一片时间的海》是四本散文集，是读书的笔记，也似心灵的笔记。书里的文字细如叶脉，蜿蜒在一片片日历和日记般的静思中，又像春风又绿江南般的新绿，鲜丽在人生的缝隙中。即使进入秋色，也宛若新春月夜，透着高悬的灵动而散开的光，在小巷深处，在茶社里边，在海棠的花影之间。

这四本书，任意一本都可以放在枕边，慢慢读，时断时续地读，边想边忆地读。有时会让你激动，但更多的时候是让你静思，回味以往，回味世事，有时还会让你蓦然一惊：哦，当时那些事那些人那些情，像风进入风、水进入水，不经意间就过去了。而今回想，人生中一个重要的当口儿，命运中的一次巧遇，怎么就那样淡然放过去了？消失得像一片落叶。其实，每片落叶就是你的一张日历啊，都留有你的目光啊。

这四本书的最大优长，就在于它是生活本身。过去了但情感还在，启发还在，哲理还在。你匆匆忙忙来不及思考，作者的思考却在手边，像一扇可以推开的窗，让你眺望近切的路和通向的远方。

而且，书边的空白处还可以写些小印象、小感受、小记忆，写些浮想联翩中的自己，写写亲友在身边的日子，写出一个很小也很动情的世界。就像无事乱翻书必有所获，就像山路上遇到一个背着满筐苞米、两颊汗水淋漓的老农蹒跚而行，就像在上海的南京路上遇见一个美丽的少女擦肩而过。每个背景都是另一种生活和另一种选择。

我信步漫行时，常会望着他或她远去的背影，猜测他们的命运与未来。因为他中有我，我中有他，因为每个人的人生都是相关联的，苦难很远也很近，幸福很远也很近，温度很远也很近。

感知他人，就是作家的良知。

3

《光阴也长大》《秋色如春》《站在岸上赏月》《飞过一片时间的海》这四本书就是这么来的。看得出高新东先生的心很柔软很细腻很淡定，生活中的一切喜怒哀乐都记在心里，但写得很平实、很平静，甚至很简约。仿佛他仍在与幼时和后来的生活、与读过的书籍默默平行而且平等。

在他的文字里看不到成功，也没有出乎意料的欢欣和狂喜，只有平静。平静地看待一切，是生活的真谛。没有所谓的成功，自然也就没有所谓的失败。一切荣辱不惊，淡然处之。这就是平民一个、本色一个、街头远行的背影一个。很多老百姓就是靠这种乡情、乡愁活下来的，无坚不摧，生死由命。

人在做，天在看，夜里能睡个好觉，这就足够了。有什么东西是你能带走的吗？一切都是何必。

散文集里充满了这种叹息、感慨和对生活的敬重。浅淡中透着深刻，咏叹中渗着哲理。没有血肉相连的体会，就不会一语中的，荡起文中的波澜。

4

其实，高新东先生散文集中的那些经历，有些是相当动人、令人歌哭的，譬如那位远道而来、出钱让他上学、从而改变了他的命运的三叔，到现在作者也不知道应该怎样感谢和感恩。等于他给读者留下一个一直挂念在心的关切。

还有一种温情，就像家乡日日升起的炊烟，只飘散，不凋谢。

书中还写了许多平平常常的人物，都没有渲染，只是白描，寥寥数笔却鲜活于纸上。

看来作者在没有成为作家之前，就一直在关心、关注、关切他人，心中有自家温馨的小院，也有乡亲的冷暖。

这样的文学是有温度的。这是作家必备的目光和品质。

5

高新东先生的散文里充满了平民生活的气息。比如焦屑的味道,那是过去过年才能享用到的味道。不过看完全文我才知道，那就是北方人所说的油茶面的味道。

我上小学时，每天中午放学后便跑到父亲所在的机关，父亲便给我买一个烧饼、一碗油茶面,那扑鼻的香气让我至今难忘。读着高新东先生的散文集，仿佛少年时的香味又扑面而来。还有《秋天的第一杯奶茶》《老屋门前梨花开》《又见南国荔枝来》《千年流苏芳菲绽》，读来真个是芳香四溢，陶然自醉，自然也长了知识。

以前，我一直以为“流苏”是文人骚客造的雅词，是用来概括绫罗绸缎边缘垂挂的丝线的。读过后我才知道，流苏原来是一种名贵的树种，花期很长，生长很慢，花形不张扬却很优雅，有贵族少女之风。

我估计，走在开花的流苏树下，很容易迷路。

6

现今的花香，一般都在野地上、花盆上、阳台或窗台上，还有献给爱情的花束上，忙碌的人们很少能顾及和享受到。

高新东先生的散文却提醒了我们，香味就是生命的本色，是生活本该就有的气息。如果没有香味，人活着还有什么意思呢？如果没有香味，我估计活得无精打采的人类早就停止进化了。

人从猿猴变成人，一直忙碌到现在，为的啥？

其实就是为了创造香味。

7

说高新东先生的散文像“夜话”，是名副其实的。也确实，大半夜的瞎吵吵啥？

于是高新东先生就放低声量，轻轻地说，慢慢地说，细细地说，春风化雨般柔柔地说，说的全是家里家外、灯下絮语、人情往来、冷暖人生。没有一丝文人的居高临下、诲人不倦，也没有海量的“四书五经”、旁征博引。

他写得就像一位知友，读了一些书或有了一些体会，便细细向我们倾倒出来，说的是他自己，其实也是你我他，是在人海和书海中畅游所收获的朵朵浪花，让人感动，引人沉思。所以他和我们的感受交织交融在一起，都是日常，都是历练，都是交情，让我们的心底也溅起朵朵浪花。

8

看得出高新东先生写很久了，默默地、执着地、坚实地、温情地。世上本没有路，走的人多了，便成了路。而且路也变多了、宽了、挤了，谁也不服谁，爱谁谁了。而高新东先生就是捧着一颗炽热的心，埋头写自己的，一条路走到黑——再从黑转白。所以他的面前没有墙，只有路——一条属于自己的路。这从他的文字中可以看出来，真诚而多情，细腻而练达，多思而简洁。

文学是来自生活的，思想也是来自生活的。树上不掉下一颗苹果，就没有牛顿的万有引力；天上没有北斗七星跟着转，就没有宇宙之说。家里没有菜板，就没有母亲对土豆丝的追求。周边没有个三叔，就没有眼前这个高新东——另外一个高新东，肯定还在深更半夜给老牛喂草呢。喂饱了，点一根烟，也挺乐，照样跟老婆孩子也很牛。

不过爱好归爱好，喜好文学的他还会点灯熬油没命地写，比如“日落西山”啦，“月上柳梢”啦，“王小二爱上刘小芳”啦。但他肯定写不出下面这些句子：

“其实，只要心中有庭院，日出日落，三餐四季便都是桃花源。”

“如果天下所有人都能拥有属于自己的一方‘人间四月天’，那岂不就是大同胜境？”

“人的一生其实就是那么几个十字路口，左右都是路，但是踏上去却是截然不同的命运。”

看来，高新东先生确实没耽误自己的才华，选对了路口。

2023年11月9日于上海

（蒋巍：一级作家，中国作家协会会员。曾任《小说林》《诗林》总编辑、《文艺报》副社长、中国作协创作研究部副主任。2022年，作品《国家温度》荣获第八届鲁迅文学奖报告文学奖。）

序二：

高新东的“蓝蜻蜓”

姜琍敏

我和高新东先生结识不久，却可谓很熟悉他了。即一气读完他的散文新著《光阴也长大》《秋色如春》《站在岸上赏月》《飞过一片时间的海》之后，感觉他如捧出一颗心般，向我也将向读者坦陈自己切身经历的爱与忧、情与思、追求与坚持之种种历程。其朴实的行文、丰富的细节、诚恳而严肃的思索，几乎令我如见其人、如闻其声地看到了活生生的“这一个”。仅从这点上看，高新东先生的散文可谓颇具内涵的好作品。好就好在其作者的写作姿态和立场是真实的、有情有义而直面人生的。

助力他成功的，自然是文学。可见，我们说文学是精神家园，绝非套话。而其中，写作者的姿态和立场是起决定作用的要素。

由于职业缘故，我接触过许多辛勤笔耕也有所成就的业余作家，他们有一个突出的共同点，即他们的写作，首先源于对文学、事业和生命的热爱。所以虽然时间、条件与机遇对他们很吝啬，却仍然能够百折而不挠，孜孜矻矻地坚守着自己的信念与实践，终于结出属于自己的生命之花、文学之果。

高新东先生就是其中较有代表性的一位。他从 20 世纪 80 年代就开始了他的文学事业。而那个年代，正是中国新时期文学事业空前繁荣和发展的肇始阶段。群雄并起，“群众”更多。以至当时生发出一种呼吁，要广大文学爱好者，“不要挤在文学的小道上”。我对此说向来不感冒。不仅因为我就是那个年代起来的，更因为我始终认为，文学可谓一切艺术甚至科学之母体，任何人热爱文学、企图创作终究是有益的。文学不仅是人的精神家园，本身亦是一种审美方式。愿意挤上文学小道之人，即便你走不出去甚或跌得头破血流，那种热爱文学而热爱阅读、勤于思考之习惯的形成，终究还是会如“随风潜入夜，润物细无声”的好雨，大大有助于一个人的审美能力和性格丰满的。即以高新东先生的创作历程来说，不是他从当年至今笔耕不辍的持之以恒，焉得今日之丰硕成果及良好的襟怀、情操?

高新东先生的写作最令我赞赏的是，他的创作路径正，给人一种不为功利,有感而发的印象。其文字不事浮丽却言之有物。总体文风则朴拙而自然、耐品而可读。当他在生活中“看”，在文章中“游”之际,捕捉、定格下来的,不仅是景物与衣食的特性,还有自己的情与思。其文较好地做到了“看山山有情，看水水有意”。这听上去似乎也寻常,实际上识得点儿写作三昧的作者,都会明白这种文章并不好做，说它是写作的至境都不为过。因为这种质朴的文章初看貌不惊人，细品则比那些无病呻吟、只会吟风弄月或雕饰辞藻以至空洞虚浮、让人读半天也不知所云的流行大作高明得多。高新东先生的不少篇什，没耐心的读者也许看了个开头就想当然地以为下面如何如何了；其实并不，你细品后，恰恰就能从他平易、自如甚至好像漫不经心的叙述中，发现藏在里面的金粒，只要稍加你思绪的过滤，就会放射出闪亮的光芒来。这也是高新东先生散文的最大特色；所谓“抱朴守真”，纯朴自然之中，寄寓着他深蕴的情感或诗性。有时还不无道家意境和对生活、艺术、人生哲理的独到发现。比如他笔下的“蚊子”，就一反常人只有憎厌的思维定势，发掘出了自己的新意。他的《又闻焦屑香》《月儿又圆时》《老屋门前梨花开》等许多文章，不仅情景交融、耐人寻味，还富有生活气息和人文韵致。

所以我觉得，高新东先生写作成就之根本点，就在于他的文章既不是哗众取宠，也不是为赋新词强说愁的矫情之作。他的作品都源自切身的生活体验和发现，发自深心里对生活、人生和文学的理解与热爱。这样的作品因此而具有了真实、自然、能令人共情的爱与“我”。而有没有爱,有没有情,有没有“我”，是文学作品有没有灵，有没有魂的必要前提。

而真正从理想、事业、爱好这个维度介入文学的作家们，不论其面临的文学生态如何，终究只会“冷眼向洋看世界”，不改初衷。正如爱因斯坦曾说过的：“现在大家都为了电冰箱、汽车、房子而奔波、追逐、竞争。这是我们时代的特征了。但是也有不少人，他们不追求这些物质的东西，他们只追求理想和真理，得到内心的自由和安宁，与更远大的人生目的联系起来……”

确乎，对于一个真正的作家或文学爱好者来说，这份“内心的自由和安宁”，是任何物质追求换不来的，它只能来自于他们钟情的文学。这是文学之树终究长青，并永远有一代又一代新人倾心于文学的根本动因。

高新东先生作品的题材也很丰富，视野相当开阔。读着令我想起杜尚所言：“几乎每一秒、每一次呼吸就是一个作品。”他的笔触常于不喧不哗的叙述中,将他“发现”的生活次第延展，如无言的小溪缓缓流进读者的心田。他还注重表现人物，且会将一些有特征的细节串连起来，往往寥寥数笔，便出形象。缝缀它们的则是他的情感和对人生的体悟。

加西亚·马尔克斯说过：“如果我不得不给年轻作家一点忠告，我会说，去写他身上遭遇过的东西吧。”

显然,高新东先生正是这样做的。如果不是狭义地理解的话，我以为加西亚·马尔克斯并不是在排斥作家必具的想象力和虚构能力,而是在强调要多采撷自己最熟悉的、有文学审美价值的、有切实体验的现实阅历。高新东的写作正是体现了他作为一名作家本该具有的文学自觉,即追求独到的呈现,嚼自己的“馍”。其笔触看似在写乡情、写世态、写众生,实乃是在写自己、写人文、写出人们应该追求的姿态、立场和情怀。

说到情怀，高新东先生笔下的情怀是丰沛而诚挚的。我们总说，写作要有感而发，而这个“感”是憋不出来的，更是糊弄不了人的。“从喷泉中出来的是水，从血管中出来的是血。”读者都是有情人，真耶假耶，一目了然。因而，对人生、社会及人文的深刻理解，对底层平民真诚、由衷的怜爱与同情，实乃文学之至要。

而要深刻理解人生、社会及文学，就不能不再强调一点，即高新东先生在作品中，反复触及的那个老生常谈却永远值得我们记取的真理：开卷有益。培根认为：“读书足以怡情，足以傅彩，足以长才。其怡情也，最见于独处幽居之时；其傅彩也，最见于高谈阔论之中；其长才也，最见于处世判事之际。”听说高新东先生从年少至今，每天都保持至少读书一小时的习惯。这从他的《晴耕雨读》《藏在书里的灵魂》《我没有那么重要》等文章中，及其笔下时常提及的老庄、陀思妥耶夫斯基、娜妲莉·高柏等中外文化名家带给他的启迪和认知，便可见得。

我要为高新东先生的这一好习惯点个赞。而事实也理应如是，即你要当好一位作家，未必需要多高的学历，却特别需要多读书，读好书；更需要博览“群书”，读杂书。“对于我们的眼睛，缺少的不是美，而是发现。”而对于“发现”，缺少的同样不是美，而是丰厚广博的知识陶冶而成的一双“慧眼”。倘若你不是一个好读之士，一个涉猎广泛的博览群书之人，“慧眼”云何哉！且非如此，你也必将难以驾驭笔下那错综复杂的生活和五光十色的人性。

行文至此，不禁记起王小波的憧憬（也是我的憧憬）：“文学之路是这样的，它在两条竹篱笆之中。篱笆上开满了紫色的牵牛花，在每个花蕊上，都落了一只蓝蜻蜓。”

相信我会看到，高新东先生放飞出更多更美的“蓝蜻蜓”。

2023年10月12日于南京

（姜琍敏：一级作家，中国作家协会会员，江苏散文学会会长。曾任《雨花》杂志主编、中国散文学会副会长。）

序三：

烟火气中的书香味

——高新东散文印象

朱寿桐

黄海之滨，通榆河畔，水经斗龙卯酉交叉回流，地分龙堤金墩辉映呼应，只从这些地名便可推测，这是一个充盈文化记忆鼓励文化想象的地方；这便是大丰——我的家乡，这注定是一片文字活跃，写作流行，文风炽盛，写家云集的文化热土。

其中的出类拔萃者，经我作序的便有童话大家韦伟、儿童文学巧匠卢群、方言研究专家许涛、新旧诗歌吟者杨友明等，还有我非常熟悉的书写女子情怀的杨丽云，倡导人民文艺的骆圣宏等，他们俱已凭文学成名，以写作成家，有的曾名动一时，有的已赫然大家。

高新东是其中的一员，他常常以灵动的思维徜徉在各种报章之间，以灵活的笔锋活跃在各个文化群落之中，俨然成了惯用文字呼吸，用键盘说话，用文章交往的文学达人，近时更向文坛一举推出四本文集——《光阴也长大》《秋色如春》《站在岸上赏月》《飞过一片时间的海》,不仅显示出作者的勤勉的笔力，还体现出他对家乡生活体验的独特，他的灵气的运思，厚实的底气和丰郁的才情。

这些散文的题目每一个都储满诗意，将它们稍作调整，连成一起，就是一首灵动而优美的诗吟：

光阴也在长大

于是，秋色如春

飞过一片时间的海

然后，站在岸上赏月

这诗属于大丰，属于大丰的黄海和河岸，属于大丰的日月和春秋，也属于大丰侵蚀着海水濡漉的黄昏和夜晚。

你也许没来过大丰，甚至可能不知道地球上有这样特殊的一角；这里的人生活得普通平凡，甚至曾经有些穷迫，但他们的生活气息却充满着非凡的文化韵味。

水乡人家在夕阳西下的辰光，倚着船帮舀一瓢串场河水煮大麦糁子粥，这河水里就有当年范仲淹秕海围场的秕糠的香味，所烧的柴火则是来自范公堤岸枯萎的蓖麻秆。

这里曾散落着许多水洼困围着的草树田堰，其中有一些就被施耐庵指认为微缩了的水泊梁山，那里可以幻构出张士诚式的揭竿而起的众万旌旗。这是曾经悲凉的乡土，盐民出身的张士诚在这里慷慨举事，从海风中的苦咸叫喊出惨烈的血腥，塑造了一个大时代的风光。报仇雪耻之乡的豪壮,涌起豪壮的海水、河水，足以荡涤藏污纳垢的历史褶皱。

这里曾经犀兕麋鹿满之，其生动鲜活的画面胜过云梦之泽的悠远神奇，甚至冲淡了沧海桑田的壮丽图景。一些地方如沈灶刘庄的烟火气，紧相伴随的常常是草堰朵云，白驹过隙的书香味，那么富有哲理，那么能调动丰沛的想象。

在大丰，乡里的淡淡炊烟飘荡着城里常有的书声；城里作者的笔下，浮现着的是生活气息浓郁，文化诗性勃郁。

这个地方城乡结合，城野不分，烟火气与书香味交相辉映，一派文化的乐土，一片灵性的福地。这里有文化，有诗，有无限的意绪和无穷想象的空域，这是一个用文笔才能品出滋味，用文章才能体现况味，用书香才能勾勒景观边缘的土地。这些都是高新东散文中不断言说的景象，也是高新东散文的精神内质的展现。

高新东的散文有一篇题为《在书香和烟火气里邂逅诗意》。作为散文题目，略显拖沓板滞，但作为其散文精神内涵和文学风格的概括，却非常精警有力。后来，这篇小品文题目改为《邂逅诗意》，我觉得也蛮好，让人有更多的想象。高新东的散文正是如此，在充满烟火气的叙事中传达书香味的文化，在充满书香味的绘写中表述人生的哲理和哲思的诗意；书香味来自烟火气中的阅读与人生的况味，烟火气来自故园书香中陈年的回香与恒久的回味。

令人欣慰的是，高新东不再是一个固守故苑守望家园漫步庭院的传统型的写作者，他的写作资源固然充盈着故乡的烟火味，但同时他又是一个站在岸边望月的眺望者，他的人生感喟通向诗性的远方和远处的书香。几乎发生在社交平台任何一端的有影响事件都成了他聚焦的目标，漫步于生活流彼岸的任何一个特别的人物都会引发他的议论与遐想。带着诗意的徜徉，带着读书的迷醉，他操弄着谜一般的文字向旷野和天空滔滔不绝地倾诉，里面总是洋溢着对人生的热爱，对正能量的激赏，对美好的情思、美曼的联想、美妙的表达投诸真诚的欣赏。那里有做人的道理，有豁达的论辩，有面对真善美的人生和自然所淘洗出的风骨的潇洒、韵律的悠扬。这是他的散文，也是他的诗，是他常年笔耕不辍的理由，是他在任何话题上都可以推心置腹并愿意洋洋洒洒的精神依据和心灵篇章。

洋洋洒洒四大本散文，承载着一个公务人员面对人生方方面面的古道热肠，其思想资源和精神基础，都是连篇累牍的道德文章以及散逸而出的浓郁书香。

高新东的大部分散文都由生活的烟火气切入，然后引发出书香味的联想，有时激发出对于相关书卷的忆述和凝望。读书看来是高新东繁忙的写作之外最重要的进修与滋养，广泛的阅读和无边的遐想支撑着他忙迫的精神世界，主导着他写作内外的梦想和心灵的炫张。高新东的读书感慨也是他的写作感怀：“读书可当成一种乐趣，更可内化为一种生活方式。在书香文墨中，润泽生活的枯燥，充盈自己的头脑。纵然人生也会有风雨，我们依然可以在平凡的人间烟火中，活出潇洒坦荡，活出盎然诗意。”

于是，他的阅读是如此的广泛，好像是任何人们熟知的和陌生的书籍，都可能在他的笔下与你不期而遇，或者在你毫无准备的情形下与你擦身而过，过去以后，通过他的文字展述，你可能恍然憬然，有时甚至惊悚得有些目瞪口呆。我正是从他的散文中，邂逅了雪小禅、马从春、袁树雄、窦贤康、小川糸等等，了解并领悟他们的言论、书文和功业，而正是在电脑页面输入这些名字的时候，我才知道对他们的陌生其实是一种缺失。

高新东的散文认真、真诚、诚实而实在，几乎像日记，有的时候像读书笔记，所读的书有书架上信手拈来的泛黄的纸张所承载的，有街头田边夹带着微风细雨缭绕薄雾不拘远近各种播放器所传输的，有烂熟于心的精神咀嚼在意识反刍层面的心灵唤起，有俯仰伸展的情绪体操在晨练晚步时有所体悟的内在欢喜。

高新东的散文，读起来像书信。写给读者，写给家人，写给乡亲，写给朋友，同时也写给生活，写给世界，写给他所观察、邂逅或者关注的每一个对象与每一片天地。他的书信很少连篇累牍的倾诉，很少繁复琐屑的描写，很少苦口婆心的劝慰，更绝无居高临下的教训以及不厌其烦的论证，他更愿意做朋友式的对话、亲人般的交心，有时候精警得像一行行思想摘记，有时候又像散文诗呈现出风尘仆仆的吉光片羽。

于是，这部散文集体量虽然堪称庞大，但每一篇都值得认真阅读和欣赏。

展读这四部散文集，能够强烈地感受到作者和各种背景读者进行深切对话的渴望。这种渴望的强烈和恳切深深感染了阅读中的我。我很愿意就文集中所写的故乡烟火与作者切磋，因为这其中包含着我们非常熟悉但同时也需要付出精力和智慧才能抵达的文化现象。

《又闻焦屑香》叙写的“焦屑”，令我们联想到家乡文化的精神，在这里许多事物包括食物的名称，都是口口相传的说法，并不习惯于付诸文字表达，这样，将一些耳熟能详的事物名称落在文字上，就会暴露出文字文化力不能逮的问题。我们的家乡文化的土层非常深厚，文字文化在它面前常常显得无能为力。高新东所说的“焦屑”，有些时候会写成“焦黍”，其实与家乡人口语中的发音都不十分吻合，因为那种食物在里下河地区的土语中类似于“交易”。不过长期的传述中些许的音变是免不了的，应该在一定音变的限度内理解这些事物的发音。包括一些称谓也是如此。我们家乡的亲人称谓非常特别，如将“爸爸”称为“Baibai”，诉诸文字须大费周章，有人写成“伯伯”，那当然是有问题的。类似的情况还包括出现在高新东不少散文中的“嗲嗲”一词，这是我们这边对“爷爷”的土称，亲切而清晰，但用文字是否就借用“嗲”字，也在可以探讨之列。当年样板戏《红灯记》中将爸爸称作“爹爹”，苏北淮剧移植样板戏时让剧中人将“爹爹”念成“嗲嗲”,这就等于将爸爸叫成了“嗲嗲”，显然有悖于我们的人伦习惯。从这个意义上说，高新东用借字法以“哆哆”称呼“爷爷”，看来是比较稳妥的办法。

精神内涵的稳妥是高新东散文的特征，但稳妥遮盖不住高新东散文洋溢的才情。

面对一片时间的海域，站在家乡的岸边望月，这样的意象真实而生动；带着海水的咸涩，走进按照地支卯酉编排的阡陌，踏着初冬的轻霜漫步，从这个地方历来就有的烟火气中，捕捉书香的味道；无论是散落在大街小巷的或者是散发于书市、书室、书架的，这样的努力值得尊重，而相对恒久的坚持更令人感动。

2023 年 11 月 22 日于澳门

（朱寿桐：澳门大学中国历史文化中心主任，南国人文研究中心主任，澳门文艺评论家协会主席。）

第一辑

春花开尽春又来

春花开尽春又来

三毛说，每个人心里一亩田，种桃种李种春风，开尽梨花春又来。

春水初生，春林初茂，春天总是在悄然之间就来到了人世间。早上开车上班的途中，转弯经过一片绿草地，蓦然间发现原来春已倾城，真是“胜日寻芳泗水滨，无边光景一时新”。

下车时，我在遐想，时光是一支神来之笔，悠然之间就点燃了希望，点染着春天的画卷。你看春意轻染岁月的斑斓，这世界一切便有了生机和力量。如果是周日，趁着这风和日暖、鸟语花香，去看一场风月、赏一场花事、放一次纸鸢、来一次踏青，那是异常惬意的事。

上午十点，我打开飘窗，暖阳飘飘洒洒铺满屋内，屋外也是姹紫嫣红，香飘云外，好似一些跳动的音符。时间在窗外踱步，日子匆匆穿过。阳光的温柔唤起了万物的生长，花在蓄积它的能量，种子开始播撒希望。

花如人，人似花。人生本就是一场马不停蹄的相遇和告别，花开花落自有时，跟着季节往前走，无意之中获得了一份又一份怡心的美丽。在迎来送往之间，我发现，春天永远是一个美好的开端。

晚上下班回来见到太太，我问她：“如何看待花开花落？”太太说她不懂得文字，但知道什么是诗意。她说：“一段一段美好的时光，诗意温柔；一季一季惊艳的时光，清欢盎然。无论如何，懂得珍惜和拥有，这一切就都是属于自己最美的风景。”

“等闲识得东风面，万紫千红总是春。”每个人的心里都有一亩田，每个人都在忙着种植，当然收获也不一样。

如果我的心田里，种满阳光和鲜花，会收获满园的春光明媚吗？

花里的丰收

有人说，难见心芳，却道不出花语。专注而矜持的郁金香，让人一见倾心，韵丽的花瓣，久封的花蕊，众里寻他千百度，蓦然回首，却见到了荷兰花海。

荷兰花海坐落于盐城大丰，花海里有一种特色花，虽然没有玫瑰那么热情、荷花那么清幽、水仙那么纯洁、梅花那么坚定、牡丹那么高贵，但她总是饱含着优雅和醇厚，她就是世界名花——郁金香。

“不语亭亭俨薄妆，画裙双凤郁金香。”郁金香享有“世界花后”的美誉。荷兰花海种植的郁金香大约有 3000 多亩、300 多个品种、3000 多万株的规模，是国内种植郁金香面积最大、种类最多、形态最美、业态最全的郁金香第一花海。

仲春时节，春风和煦，杨柳青青，百花渐放，姹紫嫣红。此时的荷兰花海，阡陌多暖春，花期如梦，最是撩人心思。花圃里的郁金香，参差错落，或是陇上一片，或是坡下一畦，花开品种繁多，或白、或红、或紫、或蓝，群芳斗艳，一一登场。

当鲜艳的花朵点缀着荷兰花海，暖暖的阳光照在郁金香的叶子上、花蕾上，郁金香就像一群圣洁的公主，裙装紧束，苗条而挺拔，高雅而含蓄。从蓓蕾初露到花儿绽放，郁金香透露着别样的灵气，深深浅浅的花朵在蓝天映衬下，如烟花般璀璨夺目，透出悠远的意境。有一域郁金香的花开了，花柱呈现出优美的弧形，宛如轻舞的彩带在空中亭亭玉立；花朵的颜色自花蕊处蔓延，由浅入深地浸染；鲜艳的花瓣在阳光下，像透明的丝绸，又薄又轻又软。

古代诗人中写郁金香的诗句比较少，李白曾经写过一首："兰陵美酒郁金香，玉碗盛来琥珀光。但使主人能醉客，不知何处是他乡。"当然，诗中所写的"郁金香"未必就指的是现在我们看到的郁金香，但诗的意境之美是我们能体会的。在荷兰花海，繁花似锦万千景，像是给大地披上了一袭华丽的彩衣，梦幻无穷。就像人一样，外表美丽只是郁金香美丽的一个方面，它还有更深层次的美，体现在品质上。在郁金香花园，一步一景，从不同角度欣赏郁金香，可有不同的视觉享受，时而明亮，时而朦胧，像是附上一层温柔的迷雾滤镜。它的花瓣呈诱人的茜红色、鲜艳的黄色、纯净的白色，形状则像是一只倾斜的杯子，在阳光下散发出异彩。微风轻拂，花朵随风摆动，犹如少女起舞的裙摆。花海里，除了花、人和光彩，还有淡淡的芳香。香气弥漫在整个花园中。游人闭上眼睛，就能感到一股清新自然的香气，在身边飘飘然。

一株一茎一花，半开半放半舞；同一花瓣，一半是红，一半是黄，婀娜多姿，艳丽似火，馥郁芬芳。郁金香是荷兰花海最美的主角，她把花海的气韵从荷兰带到了中国盐城大丰的斗龙河。郁金香动人而娇艳的花朵把花海装扮得像一块大锦毯，五彩缤纷，形态各异，美不胜收。

一城繁花，耀眼世界。花里大丰，“郁”众不同！

雪小禅的禅意人生

“最冷的天，和最温暖的人在一起吃饭就是最幸福的。今日的晚餐精肋排老式炖法，关键是我这个糖色炒得特别好，香得满禅园都是纯纯的肉香，已经脱骨啦。小蘑菇炒土鸡蛋加了利民甜面酱，禅园特色辣炒藕丁，焖了一锅五常香米饭，酸辣汤一上，只等赏厨的人。”

后疫情时代，雪小禅把社会责任放在首位的同时，并且能过上精致的生活，多好！

雪小禅的名字仿佛妙龄少女。如果你在读书时代经常看《读者》《意林》《格言》等杂志，对这个名字一定不会陌生。犹记得那会儿，我一买到杂志，看到目录里有她的名字，一定先翻到她那页文章去品读。

雪小禅是畅销书作家,代表作有《少年雪白》《惜君如常》《我只向美好的事物低头》《在薄情的世界里深情地活着》。雪小禅是中国慢生活美学代言人，她把生活过成了银碗盛雪，她把自己活成了少年雪白。她爱写作，但她更爱生活，写作只是她生活的一部分。

我眼中的雪小禅，是一个勤奋的雪小禅。为什么这么说？不信你上网搜索“雪小禅”。百度上有她的劳动成果，要翻好多页，你才能看完，这仅仅是冰山一角。现如今，有多少作家如此专注呢？这么多年，她一直用文字表达自己，靠近自己，直至抵达自己。她把写作看成一种修行,她是自己作品的第一读者，她也一直坚持写自己想写的。

没有去迎合谁，也从不讨好谁。这也是我最敬佩她的地方。

把时光磨出包浆，把自己打磨出不刺眼的光芒。会写书，懂生活，爱美食，有情调，这就是我心中有品味的雪小禅。

生活的最高理想，大概是为了理想而生活。一桌子美食，一屋子情趣，雪小禅的日子如诗如画，又带有满腔的烟火气，活得特别铿锵有力，让人羡慕。雪小禅近日在《今日头条》上发布的这一则帖子，很温情，也很温暖，更让人感到很温馨。

我们穷尽一生所追求的幸福，不在过去，也不在未来，而是在当下。心中事、眼中景、碗中餐、身边人。

人生，总有太多的来不及，一眨眼就是一天，一回头就是一年，一转身就是一辈子。人生一站有一站的风景，一岁有一岁的味道。到了一定的年龄，我们终会懂得好时光都在生活里。

心中无事，身上无病；三餐四季，家人闲坐；枕边有人，灯火可亲，这便是人间最美好的光景。雪小禅做到了，她把生活过得翩若惊鸿，婉若游龙。

东湖春色新

“西子风韵，太湖气魄”，有人用八个字将逶迤绮丽的东湖风光描绘得淋漓尽致，它仿佛一颗璀璨的明珠闪耀着诱人的光芒。东湖坐落于盐城市大丰区高新区，为全开放性主题湿地文化公园。

早晨，漫步在东湖岸畔，一路行来一路看，正是“一去二三里，烟村四五家，亭台六七座，八九十枝花”，全然不事雕琢。远望林木茂盛之处，闪出几弯深灰色飞檐，那一片依湖而建的是世外桃源的东苑书香酒店。酒店还原中国传统江南水乡的设计风格，低矮的独栋宅邸依水连续排开，小桥流水，贯穿其间，灰墙沙瓦与白色三角山墙屋顶错落起伏，宛如时光雕琢而成的天然园林。多重庭院和天井之间，点缀以柔美的园林水榭，充分印证了中国传统的建筑理念，每一个转身都有新鲜感，每次到访都有层次感。

“几处早莺争暖树，谁家新燕啄春泥。”近看，湖边嫩绿的垂柳随风轻轻摆动，鲜艳的桃花在枝头开得正俏，几缕春风吹拂着我的脸庞，感觉轻轻松松。眺望远方，悄然之间，大地已焕然一新。

岁月静好，时光更迭出了东湖的一丝暖意。此时，万物已转暖，欲将自己完整地融汇在春天之中。

东湖春色旧，碧波绿於染。春天的美景四处可见，小草刚萌芽，柳丝轻吻岸堤，清清湖水，波光粼粼；花开陌上，温润婉约。此时的东湖，充满诗情画意，烟柳红桃，阴时有阴时的空蒙，晴时有晴时的艳丽。“山色空蒙不须雨，桃花艳丽柳烟绝。迷茫水色雾花迷，正是东湖好季节。”这是空蒙时的东湖；“樱花弥漫满枝飞，灼灼桃花杨柳垂。春色天边水光漾，海棠花醉柳花吹。”这是晴空中的东湖。

随着年龄的增长，我越来越感觉时间过得好快好快。光阴似东湖里的流水一般，从手指缝隙中悄悄流过，甚至还来不及反应，很多的人和事都已成了回忆。

杨绛先生曾说：“岁月不声不响，你且不慌不忙，在凡俗的烟火里，愿以素心，阅来日方长。”到了一把年纪的时候，我似乎更喜欢春天了，因为那一份安静，那一份大美，让我本心不渝。

岁月渐行渐深，春天渐暖渐美。我明白，在我极其平凡的生活中，最好的事情，不是花团锦簇，不是风帘翠幕，而是浓淡相宜，就如这东湖春色一样。

花开花落又一年，春回大地万物新。东湖的美需要我细细地咀嚼，不是囫囵吞枣一样，走马观花就能够将东湖的美一网打尽，我要坐下来、静下来，细细地观摩，慢慢地欣赏，有时候还得闭上眼睛用心去感受。

携一份知足，握一抹懂得，细碎的美好滑落在静静的时光里，飘洒在东湖的湖面上，温暖着我对春天深深的热爱！

东湖最盛，为春日。

绿茵河畔景如诗

马从春先生在他的《春风故人归》一文中说："时光流转，四季更替。""一夜之间，春风十里，恰似故人归来。"红尘陌上，缓步而行的身影，就是这春天最美的风景。

在苏北小城，春也比苏南来得晚些。雨水节气过后，气温才会慢慢上升，自然万物也渐渐苏醒。今早，我漫步在卯西河畔，望着远处一片茂盛青翠，恍然，春天已经来临，我也随光阴的脚步步入初春。

晨风是从南方来的，她吹拂着我的脸庞，温柔地抚摸着苏醒过来的河滩。从河畔到健身步道间，有一片草坪，沿途映山红成片，绿树成荫，构成了一幅又一幅引人注目的唯美图画。对面的小广场上，大爷大妈们在跳舞晨练，看来，他们也早已感受到了春天的魅力和快乐。

绿茵河畔景如诗，浮云淡淡柳摇丝。芳菲三月，是繁花满树的季节。卯西河水清澈，杨柳夹岸，两岸平畴，无限风光，令人舒心。空气中我嗅到了一股清新的气息，眺望水天一色，不但惬意，更有几分诗意。难怪顾城说："草在结它的种子，风在摇它的叶子，我们站着，不说话，就十分美好。"恰如此刻，仿佛我说上半句话都是多余的。

一河碧水，两岸花开。春姑娘恰似卯西河畔的树神。她用手指向柳树，柳树立刻吐出了嫩绿的新芽，干枯了一个冬天的树木，顿时充满了勃勃的生机。此时，和煦的朝阳，柔和地洒在我的身上，一丝暖意从刚刚舒开的领口钻进去，沿着我的脖颈直往下滑。这股暖意，像是长了脚似的，它与我的步子协调一致，越往前走，越是钻得深入，越是让我感到暖和。

一边走一边看，温暖的春日阳光正惬意地倾泻在卯西河面上，洒落在河岸花树枝头，将晶莹剔透的花瓣照耀得姹紫嫣红，五光十色，阳光穿过层层叠叠的枝叶花朵，在地面上投落下一个又一个细碎的光影。蓝天与河边公园的美景融为一体，一座水绿河清景美的绿色宜居之城，在春天里显得更加美丽动人。

人们说，春就是好。我说，好就好在它可以重来！春天总是跑着去见喜欢的人，让春风作伴，让鲜花作证，让全世界都为她让路。

熬成万千风景

“明月别枝惊鹊，清风半夜鸣蝉。”九月份沁入皮肤的冷雨，径直宣告秋天的到来，但蝉鸣还是一如既往地响起。

初秋，当一切都变得成熟而显得有些老成的时候，它带着秋老虎的狂热,顷刻间席卷了整座城市。初秋的天空湛蓝而清晰，阳光透过稀薄的云层洒下，映衬着大地上的丰收和变幻。

我喜欢初秋的光照、风的气息、蝉的鸣叫，喜欢这些，喜欢得不得了。

初秋，阳光微烤着大地，花草树木低头致敬，青蛙在荷叶上高歌，鱼儿在水中嬉戏，异常热闹。初秋的光是绚丽多彩的，饱满而又激昂，满盈，催熟，堆满了田野、挂满了枝头、见证了瓜果成熟。初秋的大地金黄一片，稻谷、麦田和果园里的庄稼丰收了。金色的稻穗沉甸甸地垂落，果实香甜多汁，丰收的喜悦弥漫在田野间。

浅秋的傍晚，落日余晖，夕阳透过树梢的缝隙，星星点点地洒落在路边。与白天不一样，微凉的秋风轻抚着脸庞，带来了一丝凉爽和清新的感觉。

我独步在林荫中，心绪漫飞，那一片片蜡黄色与橘红色的树叶，萧萧地飘落在脚尖。初秋的风最可爱、最活泼、最惹人喜欢，风在草丛、花丛中轻轻流过，顿时，空气中到处弥漫着花香，使人心情舒畅。

“微风别水静澜，城外秋蝉吟唱。”日子里特有的自然之声少不了蝉鸣；声音依然有韵味。在绿树丛中，鸟儿唱着欢快的秋日情歌，倾诉着心的情结，高奏着爱的旋律。初秋好似一幅画，里面蕴含着涤沉的梦，记载着许多时光风情；初秋又非同一般的画，它向外散发着属于自己的独特魅力。

细品初秋岁月，才能品出美妙滋味。

夏尽秋来，寒露涂抹着秋高气爽的余韵，又承接着冰清玉洁的天际，稻花香里说的都是丰年。同样，慢熬人生也能熬成万千风景。

隆回的歌声

“你是那夜空中最美的星星，照亮我一路前行。你是我生命中最美的相遇，你若安好便是晴天……早安我的隆回。”

隆回在哪里？一夜之间，袁树雄和隆回成功出圈。湖南隆回，这个人口百万的小县城，转眼成为网红城市，进入有史以来最“高光”的时刻。

2022 年末，由隆回籍著名歌手袁树雄创作演唱的歌曲《早安隆回》，配以梅西夺冠庆祝的视频，在万众瞩目的卡塔尔世界杯期间，迅速风靡整个网络。

湖南卫视的 2023 年跨年晚会上，歌曲《早安隆回》带动了整个晚会的收视率，真实、纯朴、向上，让所有观众感受到了湖南人的激情，而袁树雄多年的努力，也再一次得到了主流媒体平台的认可。

没有人想到，隆回县会与世界杯、与梅西、与湖南卫视产生交集。隆回要感谢歌手袁树雄，就是他的一首《早安隆回》，让世界知道中国有一个隆回。

一首歌带火一座城，一个人带火一个地方，这些年在国内并不鲜见。赵雷《成都》的经典传唱，让成都这个网红城市刷遍朋友圈；柳爽的《漠河舞厅》，让北方小城漠河迅速进入大众视线；王琪的一曲《可可托海的牧羊人》，让新疆伊犁的那拉提大草原成为网友向往的浪漫之地……

一首《早安隆回》，创作者袁树雄，用他的经历深刻演绎了一句话：成名没有早晚。

袁树雄1976年生于湖南省邵阳市隆回县一个普通的农村家庭，早年的他高中毕业后并没有继续上学，而是选择外出闯荡，追逐着自己的音乐梦想，珠海是他出远门的第一站。

现实毕竟也残酷。他和很多歌手成名前的经历较为相似，那就是频繁出没于夜总会和歌厅，哪里有市场便去哪里，不停地跑，不停地唱，拼了命地展示自己的价值所在。

1997年，袁树雄回到隆回复习功课，并顺利考取了湖南广播电视大学艺术系作曲专业。大学毕业后，袁树雄又像从前一样追寻着自己的梦想。

2000年，他去了福州，在那里当歌手、当主持、当小品演员。这期间，他腾出大量时间来创作歌曲，如《恋爱宝贝》《生活禅》《就这样爱你》《十七路空调大巴》等。

才华不会被埋没，是金子总会发光。2007年，袁树雄全国发行首张个人专辑《苦咖啡》，整个曲目全部选用歌手本人的原创作品，在中国已经发行的原创唱片中堪称首张，并受到广泛好评，位居中国126家音乐电台联盟的“中国联盟音乐总榜”亚军。

音乐的路是艰难而漫长的。诗以言志，歌为心声，音乐对于袁树雄来说就是生命。2010年，年近不惑的袁树雄结束长达

10 年的广漂时光，回到家乡隆回。

家乡隆回，不但给了袁树雄工作平台，还给他提供了可以继续追随自己音乐梦想的机会。他成为隆回县文化馆一名音乐创作骨干，专业写歌唱歌，同时还担任着隆回县的形象大使。

2020 年年底，袁树雄花了三个晚上，创作了《早安隆回》这首歌，期盼能早日驱散病毒阴霾，黎明早日到来。袁树雄将疫情之中大家对阳光的渴望，一路向前行的正能量，写进了歌里，作曲融合了中外摇滚音乐元素，简洁有力，作词优美，充满正能量，十分励志。

《早安隆回》能不能上央视春晚大舞台，我不知道，但他的这首神曲，在网络的播放量已突破了 300 亿，并跻身于酷狗、快手、抖音等各大媒体平台榜首。写此文的近一周，歌曲每天的新增点击量都在 10 亿次以上。

谈到个人的成功，袁树雄非常低调地说："相对说我是幸运的，因为在我的背后还有很多优秀的音乐人才，我没有骄傲的资本。'舞台上认真唱戏，舞台下认真做人'，这是我一辈子都要追随的信仰！"

我们知道，这个世界有多少人如袁树雄，也曾努力过 17 年、27 年、37 年，甚至一辈子；也曾写过数十、数百首歌曲；也曾著作等身；也曾心怀善念，上下攀爬，勤劳奔走；也曾千百回准备着，等待命运之神眷顾……但许多人，穷其一生，却终究默默无闻。其实，机遇还是偏爱有准备的人，机遇总是在未来的路上。

“是你给我无穷的力量，勇敢地向前行”。当今社会，很需要这种积极、阳光、正能量的精神元素，尽管歌曲唱的是隆回，其实折射的是整个中国。

歌手袁树雄是好样的！你是那夜空中最美的星星，陪伴我一路前行；你是我生命中最美的相遇，早安我的中国！

心灵停靠之处

前几天，我为袁树雄先生写了一篇小文，受到一些网友的好评。我想，这已经足够了。袁树雄一路走来，真的真的很不容易。我的本意也只是尊重这样一位草根歌手，为他说几句话，挺他一下，希望他一路长虹。

袁树雄有自己的特色，有他的“袁氏”风格。

“大家好，我是袁树雄，让我们一起勇敢地向前行！”“你是那夜空中最美的星星，照亮我一路前行……”演唱中，袁树雄还加入了——梅西捧起大力神杯后的小碎步，让现场热烈的气氛愈加浓厚。

在疫情时期，陪伴袁树雄最多的是什么？回答是“音乐”。那陪伴我最多的是什么呢？书、手机、药、水……都不是，而是床。

有人说，别人家的饭好吃，自家的床好睡。

人的一生有三分之一时间是在床上度过的，一张适合自己的床是非常重要的。今天晚上，坐在书桌边，为陪伴我的床，写上几句，也算是对阳康后的纪念吧。

如果有人问，你最喜欢待在家里的哪一个角落，应该会有很多人回答：床。作为意料之外、情理之中的空间，床是一个人念念不忘的温暖，也是人消耗时间最长的家具。

一天之中，最轻松的时刻莫过于忙完所有事情之后，躺在自己舒适的床上，将脑袋放空，忘记一整天的疲劳，慢慢进入梦乡。

家是温暖的港湾，因为有至亲在身边，就算再冷的冬天，心都会是暖的。睡在家里的床上当然会更加温暖、踏实、心安。

这又让我想到袁树雄。为了音乐，在外漂泊多少年，家也是他最终的归属。

一个在外漂泊的音乐浪子，无论在外面成就多高，在心中永远有一个家的定义。袁树雄对幸福有着精辟的诠释，那就是追求属于自己的音乐，睡在自家床上，吃父母做的菜，听爱人讲情话，跟孩子做游戏。乍一看，无非是唱歌、睡觉、吃饭、谈情、玩耍这些稀松平常的小事。细细想来，若要将每一件小事心无旁骛地做到尽善尽美，却实非易事。但是，袁树雄做到了。

这世上有多少个像袁树雄这样的人？青年作家张五毛也描述过自己的生活。“每个北漂都有一部辛酸史，高潮是搬家。”他说，“在北京没搬过三五次家不足以谈人生。”从最初搬家一张地铁票就能搞定，到需要一个面包车，再到需要七座的金杯，背后全是泪。最终和生活奋勇搏斗后，拥有了一张床，一个属于自己的家。

家里有什么？家里有孩子的欢声笑语，有爱人递过来的一杯热茶，有餐桌上冒着热气的一羹一饭，有床头灯辉映下透着甜蜜的双人床……

我农村老家的房子是1979年建的，老、旧、破，与小城里的家没有可比性，但就是这样一个“家窝”一样的存在，却给我一种很深厚的情怀。在外拼搏这么多年，在城里有房有车，总希望父母的日子过得好些、再好些。我不止一次请求父母到城里与我们一起生活，但是他们总是委婉拒绝。我想每一个人在自己的生活圈生活大半辈子之后，都不愿意离开，有时候我也能理解他们的心情。我父亲跟我说：“家里的床，睡了舒服，腰不疼！”

舒服的睡眠，才是自然给予人的温柔得令人感念的看护。睡得舒服，要在自家床上，首先得有属于自己的家。

家是我们每个人心里的港湾，也是我们每个人可以自由自在休息的地方，所以回到家睡觉是很踏实的，困了累了有人关心，所以当我们回到家的时候就感觉到很放松。

袁树雄一首《早安隆回》火了以后，比过去更忙了。昨天凌晨 4 : 40，他才回我前一天的信息，并表示感谢。如此没日没夜地奋斗，让人于心不忍。我说：“兄弟！该补的觉，要补……保重！”忙碌后的睡眠是最珍贵的。对于袁树雄来说，每天最幸福的事情可能就是躺下睡觉的时光了。

万般世间美好，都不及床的温暖，它不仅是人的身体休息的地方，更是人心灵依靠的港湾。对于袁树雄来说，在心灵的港湾，美美地睡上一觉也是一件很幸福的事。

又是清明

又是一年清明时，这是个怀念的季节，特定的节气容易让人想起已故亡人或已逝之事。

一瓣飘落的杏花，忧愁中带着淡淡的悲伤，融在雨雾中，思绪也随着风愈飘愈远；哀愁随着清波慢慢荡开，思念中带着深深的眷念。

清明，芳草萋萋，青烟弥漫。站到先人的坟前，人才明白了自己从何而来，将向何处！我是谁，从哪里来，到哪里去？

从哪里来？静立茔冢默然，你便会追寻到这个答案。你来自父母，父母来自祖父母，祖祖辈辈，总会有根，总归有源。开枝散叶，枝再繁，叶再茂，扎向大地的根，只有一处。这就是融入血脉中的眷念，是你的来处。父母在，人生尚有来处；父母去，人生只剩归途。生者寻根，叶落归根。

花木芳香，草长莺飞。有人烟处，必有血脉传承。难怪有人说，清明祭祖，彰显的是一种血脉的传承和责任。来到这世间，你安身立命，拥有自己的角色，承担相应的责任；难怪有人说，清明节就是中国的感恩节。清明时节，教我做人。清洁、清廉、清净，无非一个清白；明事、明礼、明法，无非一个明白。清白明白之人，自有清风拂面涤心，自有明月皎洁般的真善美。

人与人之间的思念，似天上的月亮与地上的湖水，相隔遥远但是彼此珍重。红尘滚滚、功名利禄，如果你过于执着、拿不起放不下，为权、为钱、为名、为情黯然神伤，不妨清明时分去扫墓。那里，自有另一种答案，让你心如止水、超然物外！清爽做人，清白做事，足矣！岂能事事如意，但求无愧于心！不管是谁，到哪儿去，多么伟大，这世间终将忘记你的存在，“风雨梨花寒食过，几家坟上子孙来？”如此一想，很多事自可淡然、豁然、悠然、乐然、坦然。

满城风絮一层纱，寂寂青山不见家。经历过生离死别的人，更懂得爱和珍惜。所以，我们活着的人，更要好好善待和把握与人相处的日子，让生命不再留下遗憾！我是谁？当你明白了“从哪里来、到哪里去”，“我是谁”似已豁然开朗！认知了清明，就懂得了人生！花开花落，云卷云舒。你是人子（女），你是人夫（妻），你是人父（母），你是华夏血脉，你是人类赤子。

清明，是一个雨色朦胧、放牧思想的日子。丝丝杨柳意，袅袅烟火味。清明是责任、是感恩、是哀思、是心静；清明是传承、是教育，是思接千载、神游万仞。清明，它更像是一种精神，引领人们用通达的心处世，用快乐的心生活，用包容的心待人，用感恩的心付出，用进取的心坚持。

认知了清明，就懂得了人生！

最美的天气预报

“我每天早上7点过来，第一件事就是看天气预报，气温变了，马上修改。”

不为自己，只为大家。高阿姨是重庆某小区的保洁阿姨，她每天都会用石子，在小区水池中摆出天气预报，让小区的老人知道今天是什么天气。

这个特别的“天气预报”，出自一位保洁阿姨之手。有网友说，做一件小事，每天的坚持，不为得到什么，只是内心美好的流露，让世界又多了一些美好！

在如今这个节奏飞快、人人都忙着低头赶路的时代，还能有人静下心来，用自己的创意和乐趣，温暖身边的人，是多么美好的一件事啊！

春有百花，秋有皎月，夏有凉风，冬有白雪。阴晴雨雪每一种天气，都有着它独特的魅力。高阿姨只是一名普通环卫工，却创造出朋友圈最美的“天气”。

天气是与我们每个人息息相关的一件事情。今天的人们已经难以想象，没有天气预报会出现怎样的后果。每当天降大雨或台风来临，都会给我们的生活带来巨大影响。这是自然天气。

那么，我们该不该有自己内在的天气呢？有无草木铺笺，是否花香落笔，可有清风明月播报，能做到内在天气初心晴好吗？

我们一生的内在天气，总有那么一场花事，一片风光，值得被珍重记录。那一日，花影婆娑；那一年，风光旖旎；那一世，光阴柔软。不再畏惧，从容微笑。

人生如天气，可预料，但往往出乎意料！不管是阳光灿烂，还是聚散无常，拥有一份好心情，默默传递一份爱，就是人生谁也不能被剥夺的“艳阳天”！

当你的内心拥有大爱，体内有足够多的温暖时，你才能去温暖别人。高阿姨就是这样的人。

人走茶还香

人生如同一条峡江，会有很多次转弯，我们会遇到很多人，会做很多事，会和很多人说很多次再见。但最重要的是，每一次“再见”，我们能留下什么？又怀着怎样的信念去迎接新的未来呢？

一天晚上，朋友给我发来一段视频。视频中是一名大学校长即将奉调进京的告别时刻，现场很感人。

2022 年 11 月 14 日，中午 12 时 20 分，一名学者模样的人，健步走出武汉大学行政楼，数百名等候在楼前的学生开始欢呼和鼓掌。

他就是刚刚卸任的校长窦贤康。迎着学生们的目光，窦贤康踏出行政楼的大门，深深鞠了一躬。

“明天我要离开，熟悉的地方和你。要分离，我眼泪就掉下去……”此时，一曲《再见》唱响，窦贤康的眼眶和鼻尖瞬间泛红。

一年前，窦贤康曾在 2021 年毕业典礼上，清唱这首歌送别毕业生。今天，当同学们唱起这首熟悉的歌，窦贤康流下了热泪，他怀抱着鲜花，再一次向学生们深深地鞠躬道别。这是一位校长在离任时获得的最高礼遇了。

学生自发的行动是对校长最为真实的评价，今天我们所看见的武汉大学送别校长场面的出现绝不是偶然，而是窦贤康校长多年付出的侧面映射。

窦贤康是中国科学院院士，2016 年 12 月任武汉大学校长。2022 年 11 月，中央决定任命窦贤康同志为国家自然科学基金委员会党组书记。

2016 年 12 月，窦贤康走马上任武汉大学校长，他在履新演讲中表示："信任就是责任，责任意味担当，担当在于付出。成为武大人是值得骄傲的，我今天带来的，唯有一颗诚心、一颗决心、一个实干的信念。"

六年来，平易近人的窦贤康校长深受武大师生喜爱，同时，他也是一名实干派。

武汉大学一路走来，经历了诸多变迁，不同的校名、不同的建筑，当然还有不同的师生。但有一点一直保持不变，那就是校方对学生的关心。

武汉大学有着宏图伟志，当然远远不止美丽的校园那么简单，但拥有美学上令人愉悦的环境当然也没什么坏处。学生们惬意地散步，尽情地晒着太阳，抑或奔跑在运动场上。当学生们被问及哪里是校园中最喜欢的地方时，回答当然是樱花大道，它也是学生心中的校长之道。如何做美大道，窦校长在这方面下足了功夫，投入很多精力。用他的话说，这个道，既代表了大学的光辉历史，也代表了大学开放宽容的现代精神。

"初来武汉大学，你会发现校园很美，会看到我们悠久的历史，但这还不够。我们正在创造一种尊重知识和尊重努力工作的环境和氛围。”窦贤康校长对参观武汉大学的客人如是说。

武大培养的学生，从来不只是为了个人的温饱，而是要以实现国家富强、推动社会进步、谋求人类福祉为己任。窦贤康校长是这样说的，也是这样做的。

创造尊重知识和尊重努力的环境，说起来简单，做起来难。这也是学生喜欢校长的原因了。

“他为武大带来了太多只有他能带来的东西，他值得被铭记！”

“我怀念的当然是尊重学生、尊重武大自由浪漫基因的窦校，也是所有错身之后也许真的不会再见的人、事、物。”

“我也不知道为什么窦校离任对一个大一新生影响这么大，也许有的人就是第一眼就知道他值得信任。”

如果说，做好一名校长是应尽的本分，那么做一位好校长就是肯担当的情分。窦贤康从来都不应该只是个例，我们的高校，我们的学生需要更多“窦贤康”式校长的引领。

视频中几个点赞最高的评论说：“好多年没有看到这样的场面了……”“校长做到这个份儿上，值了！”

一晃，六年过去。窦贤康交卷了。带着一颗诚心来的窦贤康，收获了无数认可的心。不负众望，他做到了！

这是武大师生以及全国网友，发自真心对于“敢干事、干实事”之人的敬仰和热情，也是窦贤康的一场别开生面的“再见”。

人走茶还香。窦贤康的“教育实干”和“士人风骨”，值得钦佩！

换位才温暖

“春风又绿江南岸，明月何时照我还？”悠扬的萨克斯再度在杭州的街头响起，身在异地的小贾不禁自问：何时回家？

小贾是朋友贾先生的女儿，今年春节又没有回家过年。贾先生跟我说，他新年最大的愿望是盼望女儿早点成家。

天下的父母都希望子女早些找到自己的人生伴侣，成家立业，早日能够享受天伦之乐，这也是天下父母的要求。

人与人之间，身处不同的环境，各有不同的心态，自然造成追求不同，认知不同。我们总以为我们自己身处的世界，就是所有人都在面临的处境，其实不是。小贾有小贾的想法，趁着年轻，干一番事业才是她的追求。今年她们的合伙公司要等着第三轮投资了，她不想这么早结婚生子。

与贾先生一样，娃哈哈集团董事长宗庆后对年轻人的新年愿望相似：“我希望我们的年轻人，早点儿找对象，早点儿结婚，早生贵子……”

宗庆后说出了一种社会现象。现在的年轻人普遍结婚比较晚，即使三十多岁了，依然不着急结婚，而是把立业放在第一位！包括宗老的女儿，已经四十出头了，依然没有结婚！可能女儿的婚姻问题也没少让老爸操心，但他也改变不了女儿的想法。

这个世界上最难做到的也许就是换位思考。子女没有经历某个阶段，根本没办法感同身受，也没办法用父母的角度来思考问题。就像父母不会站在子女的角度来考虑婚姻带给子女的压力，子女的重心可能是事业和梦想。子女也不会站在父母的角度上来想，父母现在最大的愿望就是能看到自己的孩子早日结婚，完成人生大事。

家就是坚固的靠山，温暖的港湾。大家小家需要换位思考，父母子女更需要换位思考。换位思考从来都是少数人能够做到的事情，即便真的换位思考了，也不确定这是不是别人的想法，就好像“子非鱼，安知鱼之乐”一样，你在为别人考虑的时候，别人不一定高兴，也不一定会领情。

生命是一种回声，你发出什么样的声音，就会收到什么声音。从另一个角度看，每一个人的人生，都是由自己把握的。与人相处，记得换位思考，多为他人想一想，你的人生才会更加精彩。有位哲人说：“没有人是一座孤岛，我们彼此连接，是最紧密的共同体，我们不能用自己的左手去伤右手，我们是同一棵树上的枝叶、果实。”其实，很多事情只需换个角度、换个位置，便能豁然开朗。

换位思考，也是一种温暖。

天使来到人间

“出身决定命运，人的出身真的那么重要吗？”周钰力先生问我。我没有直接回答周先生，给他讲了一个“天使来到人间”的故事。

天使来到人间，碰巧遇到一个占卜者为两个孩子占卜命运。占卜者对有钱人家的孩子说：“这个孩子以后肯定成为状元。”有钱人家的孩子被带走之后，进来了一个农夫，带着他的孩子，占卜者说：“好好照看他吧，否则他可能会成为乞丐哦！”农夫听完点点头，带着孩子离开了。天使没有插手任何事，只是静静地观察着。

二十年后，天使再次降临人间，他想要看看当初的那两个孩子，如今过着什么样的生活。结果他看到，当初那个有钱人家的孩子由于不学无术，败掉了家里的产业不说，还欠了一堆的赌债；相反，农夫由于听了占卜者的话，小心看护儿子的成长，尽量为其争取读书的机会，结果，农夫的儿子成了状元。

天使非常困惑，于是回到天堂去问上帝，他说：“每个人的命运难道不是注定的吗？从他出生的那一天起，就注定要扮演一个角色，高官也好，乞丐也好，平凡的普通人也好，不都是您安排好的吗？”上帝笑笑说：“我赋予了每个人的出身和天赋，不过这些都是命运中的一半，其余的部分则需要每个人自己争取。”

人生难道不是这样吗？

“出身决定命运，出身更会影响命运。命运，命是先天父母所赐，是无法改变的；运是后天之胆，勤奋加胆识是可以改变的。”这话有没有道理，我不知道。但我知道，出生与出身是相对的。出生对于一个家庭来说，意味着希望，生生不息的希望。

在中国有一句俗语：“龙生龙，凤生凤，老鼠的儿子会打洞。”意思就是什么样的父母生出什么样的孩子，也就是说出身决定命运，但真的是这样吗？

一个人有多种选择，唯一不能选择的是自己的出身，那意味着早年的那些时间里，自己的性格与人格，决定因素在父母以及家族的手中，至少成年前的命运是由他人决定的，但命运是可以选择的。

命运和出身是分不开的，而命和运又是两个概念，人的出生都是光溜溜而来，不同的只是你的家庭背景不同，所受教育不同，这也就意味着你的奋斗的过程不同，人生结局不同。

出身不同就会体现出命运的不同。

周先生回我话：“影响你格局的，不是出身，是你自己，你有没有努力，这很关键。”

我很认同。

我说："一个人的出身不能改变，可是能改变的却是思维，能改变的却是认知，能改变的却是格局。改变与否，主要源于个人是否努力，真正的努力，坚持的努力，在行动，而不是嘴上说说的努力。"

周先生也认同。

为春天设计未来

春风如约而至，吹暖每一个角落，送别经久的冬，四季初始，佳期如许。春，轻移莲步，翘首而来。一切像刚睡醒的样子，如晨光之熹微，似朝露待日晞。

春，总是新的，新的总让人勾起对往昔的眷念。春，赋予世界以颜色，赋予人们以希望。把心窗打开，亲吻吐蕊的青绿，抚摸消融的清泉。你看，窗外的桃花渐渐展开花瓣，柳树默默绽出新芽，小草也偷偷地冒出了地面。

春，总是新的，新的总使人挥不去昨夜春风卷起的泥土清香。春天的风中裹挟着香甜的气息，闭上双眸，做个深呼吸，尽情呼吸早春的清新。小溪碧波荡漾，天光云影，徘徊其中，伸出双手，感受春水滑过指尖的清凉。

春，总是新的，新的叫人把视野尽力扩展开来。春天是一个充满希望的季节，把阳光捧在掌心，可以心生温暖。在春天里，登高望远，欣赏自然美景，净化心灵。春风吹来，秀发飞扬，嘴角上扬，尽情抒怀浪漫和缠绵。

春，总是新的，新得使人把神儿聚了起来。春天总是能给人一种精神振奋的感觉，让人觉得酣畅淋漓，还能给人一种对美好的未来事物无限向往的冲动。春天是一个令人期待的季节，它代表着生命和希望。葡萄很酸，烟火一般，看完春天再离开。

春，总是新的，新得催人去添一点儿鹅黄，去展一片新绿。绿是灵秀，是智慧，即使它蜕变为一粒种子，裸露的山岩、贫瘠的土地、混浊的池水，都阻挡不住它要生长的执着，只要一有机会，它便会生根、发芽、抽绿、吐翠，长成参天大树，展现勃勃英姿。绿色，孕育着生机；绿色，憧憬着希望；绿色，蕴涵着活力，充盈着浓浓的诗情，流淌着酽酽的爱意。

春，总是新的，新要新得有特色。等一个春天，待一树花开？春天里不要做秋天的梦，万万不可让春天在夸夸其谈的幻想中荒废，有必要为春天设计一个未来。没有方向的航行，永远没有彼岸。没有设计，没有计划，就意味着失败。春天的目的是秋实，从现在开始，就按计划去耕地，去播种，去浇灌，去付出，用坚定的脚步去丈量秋实的距离。

春天期待所有美好，春去春会再来，花谢花会再开，春天之后仍是“春天”。

音乐下酒

音乐是什么？

音乐，在严格的解释上来说是一种特殊的噪音，但对于我来说，它还是一种含有“酒味”的力量。

音乐是一杯香醇的美酒，只有细细啜饮才知其味，只有静静地倾听才能感受它浓郁的芬芳，只有用心品尝才能领略它的酸甜苦辣。

在酒后的夜晚听着音乐，抬头仰望天空，满天的繁星映入我的眼帘，它们是那样地安静，那样地美。安静得可以让我忘记一切，去寻找我心中那一片宁静，宁静成为我心中的全部。

晏殊曾经写过一首《浣溪沙》：“一曲新词酒一杯，去年天气旧亭台，夕阳西下几时回？无可奈何花落去，似曾相识燕归来，小园香径独徘徊。”我很是欣赏。音乐与酒，都是人类情感的结晶。几千年来，在中华大地，美酒飘香歌绕梁，把美妙歌曲当作美味佳肴下酒，这是什么境界？

初识不知曲中意，再听已是曲中人。音乐这种魅力就像一杯美酒，如同一首婉约词，高雅优美，含蓄清馨，动人心弦；酒醉人时，音乐也醉人。音乐，是自信，是精神，是世界上很美妙的一种东西。有些人长得很“民谣”，还有一些人的音乐和故事很“下酒”。有时品味老歌，如同和流逝的时光重新邂逅，与久违的回忆再次拥抱，足以洗涤岁月和尘埃，让时光化作温暖的回忆。

音乐是比一切智慧、一切哲学更高的启示。音乐与美酒，自古以来就是沟通和丰富人的精神境界的最佳媒介，是人类文明的美妙产物。我想，在一座小城里，一人，两人，三人五人，和有酒、有趣、有音乐、有故事的人见面，是一件很快乐的事。如果还是这座小城,有这么一家“音乐餐厅”,用音乐和快乐下酒，肆意享受美食，在专业的灯光装饰氛围衬托下……这应该是小城里的人在八小时以外最为放松的不二选择。

我虽然不好酒，却也喜欢小酌怡情，也曾酒后失态，也曾对酒狂歌。音乐于我，便如琳琅满目的美酒佳酿，各有千秋。音乐的最大功能是从精神上让我超越有限的生命围墙，把视野投向另一个关于美的世界。她最奇妙的力量在于让我日益漂泊的灵魂有了回家的感觉，扩充了我生命的宽度和深度，寻找到生命的精神支柱，找到灵魂的归宿。

人其实也可以考虑做做“两栖动物”，既要有上岸透气的资本，也要有沉入水里的勇气。人生遇到好酒、好友、好歌都是需要运气的事情，若是三者一同出现，那便是莫大的幸事了。

花可撩人，酒可醉人，音乐看似普通，却比鲜花更幽香，比美酒更醉人。在狂劲、清新、优美的音乐氛围中，会让人的心灵洗刷一新，超然脱俗。有时候，我发觉音乐和酒是有共同点的，每一首音乐都是一杯不同的酒，只有喝过的人才能体会其中的酸甜苦辣。

有人说，古典音乐如同红酒，充满芬芳甜美的内涵；摇滚如伏特加，给人最直接最刺激的酒精冲击；爵士乐像威士忌，入喉略显辛辣，过后回味无穷；流行音乐像啤酒，随时都能买到，但喝多了却会撑胃；民乐像白酒，如水一般清澈明亮却隐含浓郁的口感。

音乐其实就是最好的下酒菜。而我以为，比下酒菜更好的，还是陪你一起听音乐的人。

茶之道，茶知道

“喝茶只有两个动作——拿起与放下 。”父亲不经意地说出了一句经典的话。我心里一震，忽然感悟了些东西，喝茶就是这么简单，拿起，然后放下。而人生，看起来繁杂的一切，其实又何尝不是这么简单？有些事何必纠结于心？有些人何必去迁就？

小时候，父亲常对我说，茶如人生，人生如茶。初闻不知曲中意，再听已是曲中人。这么多年来，也为人父母，身边经历过形形色色的故事，终于悟到父亲的那句老话的深刻含义：人生如茶，有苦、有甜，有起、有落。很多时候，需要看淡一些，看轻一些，世事原本可以像喝茶一样，不过是拿起和放下罢了。

茶不过有两种姿态：浮、沉；泡茶的人也不过两种姿势：拿起、放下。浮沉时才能氤氲出茶叶清香；举放间方能凸显出茶人风姿。

这个周末，我与袁学尹先生茶叙时，又聊起一则人生如茶的故事。有一个郁郁寡欢的年轻人向一位德高望重的老者诉苦：“生活总是不如意，困难和挫折围绕着我，大事拿不起，小事又放不下，我这一生是不是就只能这样了？”老者笑了笑，拿起了桌上的水壶，为这位年轻人沏了一杯茶，让他品品后再说。年轻人喝了一口说："这茶怎么没有一点儿茶香呢？"老者说："这可是上等的西湖龙井啊，怎么会没有香味呢？"年轻人又端起杯子品尝，肯定地说："真的没有一丝茶香味。"

老者淡然一笑，吩咐道："你去烧一壶沸水来。"然后取过一个杯子，重新撮了把一样的茶叶放进去。不一会儿沸水来了，老者向杯子里注入沸水，然后将杯子放到年轻人面前。他一看，茶叶在杯中上上下下地浮沉，而茶水也溢出了一缕清香。年轻人刚准备端起杯子品品，老者却说："请再稍等一下。"说完又向杯中注入了一些沸水，茶叶翻腾得更厉害了。一缕更醇厚、更醉人的茶香袅袅升腾。如是注了六次水，杯子注满时，茶香已溢满了整个屋子。

懂得浮沉与举放的时机便成就了茶艺，待这茶尽具清之后，自有人会记得它是如何地浓香满溢。原来，老者第一次沏茶用的是一壶温水。用温水沏茶，茶叶轻轻浮在水面，没有上下翻滚，茶香就散发不出来。用沸水反复冲沏，茶叶经过一遍遍翻滚沉浮，最后才能散发出清醇的香气。

这时，老者动情地说："人就好比这杯中的茶叶，在与水接触之前，或许都是上等好茶。但选择方式不同就注定了人生的差距。那些面对沸水不敢尝试，等水变温甚至变凉才敢触碰的人，他们一生或许会风平浪静没有起伏，但也经不起命运的挫折和考验，机会和成功就如同那丝茶香，随之沉寂流逝无法弥散。"茶若人生，沉时坦然，浮时淡然，拿得起放得下。

袁先生是一个地道的茶君子，如老者一样，他道出了喝茶的真经："低调的人，一辈子像喝茶，水是沸的，心是静的。一几、一壶、一人、一幽谷，浅酌慢品，任尘世浮华，似眼前不绝升腾的水雾，氤氲、缭绕、飘散。茶罢，一敛裾，绝尘而去。只留下让人欣赏不尽的优雅背影。安静一点儿，淡然一点儿，沉稳一点儿，随意一点儿。"我认同他的观点。是的，我们品茶，不就是品的人生百态吗？在一杯茶面前，世界安静了下来，喧嚣、浮华如潮水般退去，茶与人在草木间，只剩下最纯净的自己，在这一刻，如此地默契和静享。

"日日在此间醒来，不问凡尘，静心享受其中。"这是苏东坡的茶道。茶之道，茶知道，守一抔净土，盈一眸恬淡，因为懂得，所以热爱。在我看来，懂不懂茶，其实并不重要，喝什么茶也不重要，适合自己的茶才是好茶。喝茶就是"忙里偷闲，苦中作乐"。每个茶人心中都有一方清雅净土，可容花木，可纳雅音。

今晚，窗外月色朦胧。我将尘世喧嚣冲泡成手中的一杯红茶，任汤色一点点淡去，慢慢读懂它的品格与韵味。我轻抿一口，直觉告诉我，茶叶绽放出的美丽、茶香，亦是不同的。

精神“感冒”

在网上看到一个火柴与房子的故事，很有意思。

说一根火柴不值一毛钱，一栋房子价值数百万。但一根火柴可以烧毁一栋房子。一根火柴是什么东西呢？是无法自我控制的情绪，是不经理智判断的决策，是顽固不化的个性，是狭隘无情的心胸，还是……

类似的火柴，你我有几根呢？

情绪对于人来说，太重要了。稳定的情绪，是最好的教养。

有人曾说：“一个失落的灵魂能很快杀死你，远比细菌快得多。”也有人说：“情绪不是你生活的全部，但情绪却能左右你全部的生活。”

人生路上，我们遇到的最大敌人，不是能力，不是条件，而是情绪。很多人因为情绪失控，做出了让自己后悔的事情，因为一时之气，毁坏了苦心经营的家业。

其实，你的生活方式，与你如何处理垃圾情绪是息息相关的。人的一生需要拥有多种素质，其中最重要的一点就是情绪稳定。

情绪是一种能量，它会来就一定会走。每个人都会与负面情绪“不期而遇”，它是我们精神上的“感冒”。管好自己的情绪，才能守得住生活中的美。控制好自己的情绪，才能打理好自己的人生。情绪像水，稳定的情绪似涓涓细流，滋养万物；不稳的情绪则是咆哮波涛，伤人害己。

一个人的成功，85% 来源于他的人际关系。而在人际关系中，情绪的管理和控制无疑占了相当大的比例。

大道无道，大养无养。顺其自然，情绪稳定，才是真正的养生王道。很多人常常陷入一种情绪内耗之中而不自知：工作上被领导批评了，总觉得自己受了委屈，不断回想，总觉得对方故意找麻烦；生活中和朋友有了矛盾，一直回忆那场争吵，抓着对方的错误不放；一遇到重大事件的时候，翻来覆去睡不着觉，精力都耗费在猜测别人的心思上去……长期处于一种沮丧的状态里，便无法感知生活的乐趣。

情绪就像水，宜疏不宜堵。学会控制情绪要懂得轻拿轻放，不要把情绪看得过重，也不能一味遏制情绪的产生，要学会疏导。有德即是福，无嗔即无祸，量大智自裕。

世界就像一面镜子，你皱眉视之，它也攒眉看你；你笑着对它，它也粲然待你。著名作家沈从文就是脾气好，为人谦和，正如他自己所说："就我性格的必然，应付任何困难，一贯是沉默接受，既不灰心丧气，也不呻吟哀叹。"

人生的路上，如果懂得体谅，懂得理解，懂得宽容，日子就会很温馨，也会很安宁。人生就像是阴晴雨雪，不是搬家就可以逃避的，你只有直接面对。

水虽柔和，却能滴水穿石；人若平和，定能春风化雨。带着好情绪前行，满目皆是好风景。

一生向阳

太阳渐渐升起，沉醉了半边天，熏染了半边云。四月的荷兰花海，花影婆娑，光影斑驳，阳光遍布郁金香世界的每一个角落，一切都显得欣欣向荣。

荷兰花海，是一方希望的花海。在这里一群又一群的人与郁金香花相遇，在平凡的日子里，迎着阳光，播种着心中的期望。

南京的叶绪江先生欣赏着那一株株“黑色夜皇后”时，猛然调转头，问我：“守候花开的日子真的那么有诗意吗？”

“花的事业是甜蜜的，果的事业是珍贵的，叶的事业是平凡而谦逊的。您说，静候花开有没有诗意？”我以花一样的笑容回复叶先生。

日月经天，江河行地。时间就像一张网，你撒在哪里，收获就在哪里。叶先生是一个有品味、有文化的人，当然明白什么是诗意。

我知道，把我的脸迎向阳光，那就不会有阴影。除了郁金香，在荷兰花海里还有许多其他品种的花，其中有一种花叫向日葵花。它的花朵是鲜黄明媚的，一生都在向阳而生。为了追逐阳光，向日葵需要不停地转动花茎，只为了逐光而行，只有向阳而生，才能更久地获得温暖与生长的力量。向日葵花一生尽可能地逃离阴影，尽量缩短与阳光的距离。因为花自己明白，只有逐光行，心才有所向。人也一样，步履所往，皆是远方。

岁月不居，时节如流。生活中，我们或许都会拥有不期而遇的惊喜，也会经历突然降临的奇迹。电影《你好，李焕英》有一段时间火遍了大江南北，李焕英只用了一句话便让所有人潸然泪下，这句话是："我的女儿，只要她健康快乐就行。"无论贾晓玲是否优秀，是否漂亮，是否争气，母亲都依然爱她，接受女儿的平凡。

生活千万种，人生有百态，你怎样看待世界，世界就会怎样对待你。哪怕是一粒微尘，若有机会，也要在阳光中起舞；哪怕身处逆境，若足够勇敢，也能绽放一缕微光。

日月不肯迟，四时相催迫。古代莘莘学子，在追逐自己内心光亮的道路上从未停歇。匡衡凿壁偷光，陆羽弃佛从文，宋濂冒雪访师……都是在追求自己心中的那片光亮。他们不惧艰难，向阳而生，在自己所追求的领域发光发热。

"作为新时代的追梦人，向阳而生，逐光而行，心中若有暖阳，何惧人间沧桑。荷兰花海，不虚此行！"叶先生激动地说。生活就是在不断地选择、接受、改变。真正厉害的是认清生活真相，却依旧热爱生活的人。心中有阳光的人，不但能给身边的人带去温暖，自己也会为阳光和花儿所滋润。

简简单单，浅浅喜，慢慢过，用阳光和温暖，装点自己的每一天。如眼前的荷兰花海，世界上最美丽的风景不是在远方，而是在我们自己的心里。心若温暖，目之所及皆是风景。生命来来往往，心存温暖，所遇皆美好。烟火人间里，平凡你我他，一生所求，不过是友人闲坐、灯火可亲的温暖，不过是三餐四季，共度人生好时光。

花如人，人似花。人之平凡在于，扔进沧海谁都是一粟；人之不凡在于，每一粟身上都有不一样的精彩。繁华未尽，绿意尚幽。所行皆所获，向阳皆不凡。

第二辑
秋月挂枝头

秋月挂枝头

记得去年重阳前夕，在乡下陪老父亲。一阵晚风吹到我身上，禁不住打了一个寒颤，凉风悄悄地提醒我，季节已深秋，我身上的薄衣再也抵不过秋风的肆意吹拂。

转眼又是今年的深秋，本该是秋风瑟瑟，寒气渐近，而今晚，老天却特别任性，依然像盛夏的夜晚激情四射，让我有点儿适应不了这个变幻莫测的季节。

一轮新月挂在天空，呆呆地看着大地。我对月探问，您本应给人以秋高气爽的感受，今夜又去了哪里？窗外没有一丝丝的风，万籁俱寂，连小虫都诧异地早早躲进了窝里，仿佛整个世界被秋老虎吓懵了过去……

尽管如此，我依然走出小区，闲庭信步，仰望夜空。周围寂静得可怕，或许更多的是些许伤感。此刻，没有蟋蟀弹唱，没有小巷犬吠，习惯了夏夜吵噪，我不免觉得夜色少了些什么，内心也不免有丁点儿的失落，顿时一股思夏情怀油然而生，让人想起那段逝去的夏。

月挂枝头，繁星点点，一缕秋思随季节变换油然而起。脆弱的黄色，满脸满眼地扑了过来，映着我孤单的人影，行走在纷纷扬扬的落叶中。深秋，似乎注定是思念的季节，让我的思绪随着那片片飘摇的秋叶，随着天边那朵朵流云，回忆着那逝去的甜蜜时光，思念着远方久未会面的好友。

时间过得真快，难道不是吗？只是一眨眼间，一年即过三季。人生不也正是这么短暂吗？

每个深秋的日子里，都能让我内心沉淀下来，坚强起来，纯粹起来。今年的深秋，与往年不一样，简单而不平凡。

通往灵魂的捷径

小城有一场音乐会，主动欣赏的机会，我是不会放过的。

十年前，在奥体中心的聚光灯下，我看到的是光芒四射的他。他用歌声征服了全场观众，是舞台上的王者。

演出后，我在鸟巢式的建筑旁见到了舞台下的他。初见他，他黝黑的皮肤在海边的冬日里显得格外瞩目，行走在路上他仍戴着耳机，不舍摘下，可见他对音乐的热爱。

音乐像是他的挚友，一直陪伴左右。他是许先生，是众多音乐爱好者的偶像，我也是他的粉丝。

语言的尽头是音乐出现的地方。回头想想，做一个歌手，人生也别有一番滋味。十年后，音乐人许先生跟我谈起了他热爱音乐的感受。由此，一次专访开始了。

“音乐，对您真的很重要吗？”

“音乐是我的解药，也是我的救赎。在音乐面前，我的人生，就像一艘满载七彩音符的小船驶向音乐的圣殿。音符是跳动的，所以音乐才有了力量。”

“听莫扎特的钢琴曲从 1 听到了 21，发现没有几首是我自己真正喜欢的，没有什么收获，很难过！怎么办？”

“别难过，你不必非要从这 21 首范围内找收获。再者，即使没有收获也没什么。你还有你喜欢的其他音乐！”

许先生如是说。

我五音不全，但不影响我喜欢音乐。刚上中学时，没有录音机，只有从广播中听音乐，歌词是手抄的。后来有一段时间，学校里流行起收录机，时常看到同学们放学后，在宿舍里放音乐，几乎每个宿舍都有一两部机子，磁带在床头扔得一大堆，所以我们常常相互换磁带听歌。再后来才有了 mp3、mp4 ，CD、VCD 机也成了家常必备。当然现在更先进了，各种顶级的蓝牙音箱在市面上比比皆是。

音乐不但是听觉的艺术，还是一门情绪的艺术。一曲《酒干倘卖无》及《一无所有》串烧，唱出了歌者满满的深情和无尽的悲凉；“想念你的笑，想念你的外套，想念你白色袜子和你身上的味道”，让我知道《味道》中的不舍；为与你一生相依，我愿《漂洋过海来看你》，告诉我人生可以这样活；“红日升在东方，其大道满霞光，我何其幸生于你怀，承一脉血流淌”，让我听出了吾国《万疆》以仁爱……

许先生告诉我，人在最庄严的时刻、最轻松的时刻、最愉悦的时刻和最悲壮的时刻，都离不开音乐。可能其他人不信，在寂静的夜晚、在无眠的灯下、在小憩的午后，音乐是人最好的伴侣、最好的选择、最好的精神食粮。

音乐是属于世界的，并没有国界。许先生让我了解到纯音乐《黎明开始的地方》，相逢那是一场春天的烟雨；顶级纯音乐《真爱》，可以跨过人山人海，和我不期而遇；精致纯音乐《早晨的玫瑰》，祈愿世间一切都美好；一首经典的《雨》，美得让我心醉；超治愈钢琴曲《沐浴晨曦》，让我身处一路繁花，处处欢喜。我想，如果上帝给我一个许愿的机会的话，我会希望找到自己喜欢的音乐，并永远留住它，直到把它带入坟墓。

音乐对人类，其实还是很重要的。不管我们在现实世界中是何种身份和性格，卸下一切面具和伪装之后，灵魂的丰满，也许最需要用歌唱来释放，用音乐来滋养。音乐中围绕自然、人类和生命的字字句句，可以让你我走进一个真实而灵动的内心世界。

我是一个普通的凡人，按理是没有资格对音乐说三道四的，但我总觉得，音乐一直记载着我的生活，铭刻着我的心情，我也一直都对音乐情有独钟，对音乐的酷爱更是与日俱增，它是我生命中最唯美、最忠实的伴侣。

音乐是通往灵魂的“捷径”，只有懂得音乐的人，才懂得生活。

音乐是什么？音乐是爱，我如此理解。

在这个世界上，所有的浮华、名利、成功，对于我来说都无法跟自身感到快乐相比。如果让我用浮华去立即换一样东西，我换什么呢？是爱。这才是真正对我重要的。

许先生默默地点点头。

天若有情天亦哭

跳舞唱歌俱优的美女明星李玟，因抑郁症突然去世了。

2023 年 7 月 5 日的这一天，我在《今日头条》第一时间看到这条信息时，半天没有说话，很是叹息。李玟在世时带给我们欢乐的价值是无法衡量的，结束生命的方式也让常人唏嘘不已。

至此，周星驰发舞台照回忆二十二年前的一幕；金星直播时说，不敢相信；成龙悼念，天上从此又多了一颗星；那英讲，还没等我们俩合作你就走了；李安感慨，难忘奥斯卡登台前她说“一定拼命唱”；黄晓明惊讶，以为是谣言；舒淇、邓紫棋等发声，无法想象，愿天堂没有苦痛……

表面上是最美艳的明星，实际上亦如尘埃里的蝼蚁，用这句话来形容女明星李玟，可能有点儿过了！蝼蚁尚且偷生，何况我们是一个个鲜活的有思想的人？她怎么能这样呢？

世界上所有的美好对每个人都是公平的，优秀如李玟这样的人，有选择死的勇气，却无生的对抗，在精神的黑暗里徘徊了好长好长时间，只是我们不知道而已。也有可能李玟在最后与自己独处的时间里，曾追问：“我还将到哪里去？”“我终将去哪里？”李玟似乎明白了。

我也时常会听到这样一个问题："人活着到底是为了什么？既然我们最终都会面临死亡，为什么还要活着？"人生本无意义，所谓的意义都是你所赋予你的人生以某种价值。该活成什么样子？以什么样的方式活着？这些都取决于你自己。

李玟离世，与她本无工作交集的崔永元在网上长文发声，开篇道："我比她病重，已尝试多次上天堂。"此话一说，瞬间让人泪崩。崔永元的感受与所有明星的悼念不同，他说："对于这样的病人，这样的选择是真诚也是幸福的。"怎么会说出这种话来呢？没有人会说崔永元"言论不当"，因为抑郁症病人的精神世界，我们真的不懂。

人生是一场直播，却没有回放。

人毕竟是人，人生各有千秋。一部《红楼梦》，就是一部简易版的人生阅历书。我最近重读《红楼梦》，刘姥姥这个人，你看她即使低贱如蝼蚁般偷生，却依然选择阳光。在"世事洞明皆学问，人情练达即文章"的"红楼"大厦中，有贾母的精明练达、凤姐的泼辣狠厉、邢夫人的刻薄寡恩……也有刘姥姥这种挣扎在底层的穷苦人，虽为了讨生活，被贾府众人嘲弄，却依然心怀善良。雨果说过一句名言："善是精神世界的阳光。"刘姥姥拿到一手烂牌，却成功翻盘，虽被糟践，却依然选择宽容善良，凭自己的人格魅力，在红楼万象中开出一朵耀眼的花。

生与死若只在一瞬之间，来不及彷徨，来不及惊慌，还有什么好执着？还有什么好疑惑？死亡之所以可怕，是因为等待死亡的时间太长而已。人类其实很渺小，且脆弱，如同蝼蚁捏一捏就粉碎了！尤其是在“抑郁”这场大灾难面前，这个时候该如何面对困难、克服困难，并且战胜自己，真的太重要了。他人的人生谁也替代不了，每个人都可以拥有属于自己的绚烂人生。

这个社会，有人十元温饱，有人夜店撒钱。大千世界，芸芸众生，谁是蝼蚁？谁又为一口饭苟且偷生？桥水基金的创始人瑞·达里欧在他写的书里感叹道：“我们就像蚂蚁一样，在短暂的一生中全神贯注于搬运面包屑，却无暇拓宽视野……”我第一次读到这句话的时候，就觉得是在说我自己。我就好像蚂蚁一样整天忙忙碌碌，还不知道为啥而忙。后来我发现很多人都是如此。生而为人，你曾思考过“为什么活着”这个问题吗？是为了享受生命的过程，还是要闯出一番天地，证明自己没有白白来过呢？

尼采也曾说过一句话：“你要搞清楚自己人生的剧本——不是你父母的续集，不是你子女的前传，更不是你朋友的外篇。”你有你的路，我有我的路。至于适当的路、正确的路和唯一的路，这样的路并不存在。我看《奇迹》这部电影时，很有感触。影片讲述的是大时代里的小人物的奋斗故事，人或许像蝼蚁一样渺小，但仍有向上仰望、向上爬的毅力，命运的压迫给人无力感，但景浩看得见希望，抓得住机遇。一个从前看起来不可能的小渔村，一个如今看起来不可能的年轻人，都在不断前进，实现自己的奇迹。而我呢？

人活着到底是为了什么？莫过于以一种勇敢的姿态追求自

己理想的生活，即使普通渺小，却也依旧很美丽。人没有必要为了成为别人所期待的样子而活着。对待生命，我们不妨大胆一些。生命中最难的阶段不是没有人懂，而是自己不懂自己。人生来渺小却可以伟大。拥有梦想，不被生活击垮，把人生牢牢把握在自己手上，这样的人才是伟大的。现在的人生属于你自己,未来终归也要你一个人走下去。选择属于自己的方式活着，即使平凡却也依旧绚烂。这样去理解，我心里踏实得多了。

余华的《活着》告诉我，为了活着本身而活，而不是为了活着之外的任何事物而活着。不是每个人的背后都有像李玟那样精彩的故事可讲。很多人，都是平平淡淡、默默无闻地走完属于自己的人生之路。若干年以后，人们都会忘记，她或者他，曾经来过这个世界，曾经在这个世界流星般存在过。

人人皆可生如蚁，而美如神！

戳　心

“劝君驾车不要忙，免得娇妻守空房。”话糙理不糙，看着特扎心。“史上最狠”安全标语很多，在笑声中，透露安全的重要性，大笑过后，令人触动。

在某工地，我看到一则施工安全宣传标语，内容是：“从前，有位同志工作时未佩戴安全帽，后来……他日子过得不错，再也不用走路和动手，每顿饭都有人喂……”

多好的提示语！

同理，开车超车。“汽车开得快，阎王最喜爱。”“从前，有位同志开车经常违章超车，后来……后来……他日子过得不错，每顿饭都有人喂……”

再同理，说起干部违法。“从前，有位同志工作中严重违纪、违规、违法，后来……再后来……他日子过得不错，每顿饭都有人送……”

风险无处不在，事故总是发生在一瞬间，特别是施工单位，进入工作现场必须佩戴安全帽。现在戴安全帽，是为了自己的安全。你今天不戴，明天不戴，一旦有一天……那个时候，有人喂你饭的日子，其实是不好过的。

安全施工的宣传语，如何深入人心？

一块公告牌上写着："亲爱的工友们，在外打工，注意安全，一旦发生事故，别人会代你养孩子，也会打你孩子，还会花你的抚恤金！打工安全，为你自己。"

对于这样的安全教育标语，多数网友都给了正面的评价，有创意、实在、通俗易懂、直击人心窝子。同样，这则标语如改为"一旦发生事故：父母无人赡养，老婆无人照顾，孩子无人教育"，也可能更文明些，但是否每个工友都能入脑入心？

"我允许您：不遵循安全操作规程，不佩戴劳动防护用品。前提是——请将银行卡密码告诉家人。"从工人们的反馈意见来看，都觉得这样的标语更容易让人接受，因为大家想问题比较直接，安全标语最好还是一句话就可以让人理解。

"先要命，后要脸，再要钱……"这个标语直截了当，最直接、最贴近实处，让人过目难忘。

钱重要，脸重要，还是命重要？

看看顺序全知道。

以前的安全标语口号比较表面化，内容也很宽泛，工人们对那些标语看看就罢了，没留下深刻印象。而如今竖立的这条标语，很直白地表达了要点，一针见血。"工友们：你妈妈叫你时刻注意安全。"这就对了，听妈妈的话，别让她老人家担心！

"亲，伊妹儿，我从来不和工地上不戴安全帽的工友约会；喂，登高作业，你爸妈叫你系好安全带。"这是最具才华的安全标语之一。看完你还会不系安全带、忘戴安全帽吗？

宣传就得这样，简单、直接，直刺要害。"安全启示：一个男人上班却不注意安全，等于是给另外一个男人打工；一个女人上班却不注意安全，等于是给另外一个女人腾地方。”有人说目前这也是世界上“最戳心”的安全标语。看完是不是觉得施工安全要铭记于心，干活也超有劲？这些安全标语，既幽默又有创意，但是笑过之后，希望在生产一线的工友们，也能把“安全”牢记在心。

很多人不愿意佩戴安全帽，这是现场最常见的习惯性违章。“有妻有子有家庭，没有安全等于零。”一不小心，万丈深渊。无数事故证明，只要是高处作业，正确佩戴安全帽可以保命，否则就是不要命。风险隐患无处不在，存在侥幸等于送命。未戴安全帽，惨遭水泥柱砸头那就会亡命。打击伤害无处不在，我们每个人千万不要存在侥幸心理。

但是，还是但是，光指望靠“史上最狠”标语来提升施工安全，往往是隔靴搔痒。保障工人安全，根本在于向他们提供安全可靠的保障措施。施工单位如果对务工群体在职业培训、监督管理、劳动保障等诸多方面投入严重不足，那么即使现场挂出“更狠标语”，也难以改变工厂的不安全状况。

夜阑风静縠纹平

“竹杖芒鞋轻胜马，谁怕？一蓑烟雨任平生。”很多人心中，都有一句苏轼的诗词。很多人喜欢苏轼，真的就仅仅只是因为他的某一个词句触动了自己心中的那个点，比如那句“人生如逆旅，我亦是行人”，又比如“此心安处是吾乡”，再比如“腹有诗书气自华”……

说到苏轼，让我想起了上次拜谒东坡书院的情景。书院不算太大，但内涵太深。看着一幅幅苏轼画像、一座座气宇轩昂的雕像，在一屋一间的展馆，听友人一字字一句句介绍其生平事迹，我被感化了。苏轼太伟大了，大气的作为，大气的做派，大气的文章，大气的诗词，让我膜拜至极。

我写苏轼的小品文不下五篇，至今还没有一篇称心如意的，实在是因为自己的知识浅薄，文笔不佳，纸张太短。巧的是，今天在网上看到作家余光中的一段话：“我如果去旅行，不会跟李白在一起，因为他不负责任，也不会选杜甫，因为他太苦了。我会找苏轼，他是一个很有趣的人。”这也许是我独爱苏轼的缘由吧。心由不得我，笔痒难耐，想追述几句，但又恐辱没了苏轼的所作所为，更怕玷污了他老人家的英名。

世界以痛吻他，他却报之以歌。按照当代社会规则，苏轼应该是苏东坡身份证上的名字，干部档案里的任免表上一定是苏轼。假若活在当下，苏轼就是个出色的潮人，也是数一数二的大网红，苏东坡只是他的笔名或网名。

在我看来，苏轼最大的魅力，不是让内心不被环境吞噬，而是超出环境，以内心的光亮去照亮生活的路。他的一生，风雨飘摇，颠沛流离，却满腔豪情，笑傲人生。你看他：没有粥米果腹，就开荒种粮；没有美酒下肚，就亲自酿造；没有地方落脚，就搭建雪堂。回首一生，苏轼引以为傲的不是高居庙堂的光辉，而是被贬黄州、惠州和儋州的流离岁月中所写下的诗文。

我在想，支撑一个人内心变得强大的究竟是什么呢？应该不是简单的情绪控制，而是在历尽千帆之后，不断扩大的视野和格局。我有意翻看了苏轼的人生档案，发现苏轼一生经历了多次被贬，可谓历经风雨，然而，为官几十年，他总是成为官场美谈。

我今天再写苏轼，只缘于前天夜里做了一个梦。梦里我和一个老人在一起喝茶聊天。“老高啊！人生到处知何似，应似飞鸿踏雪泥。做人最重要的是，养一个好心态，顶得上世间一切良药！”竟是东坡先生跟我说话。

老高？他直接叫我老高？我是什么人？“您称我老高，实在是高攀不起，说到做人，想请教您一个问题，怎样做一个有价值的人？”“做人就要做一个有知识的人。才华是安身立命的根本，在社会上走一遭，如果没有才华，没有特殊的专长，就没有办法安身立命，更不会得到别人的尊重，也就谈不上发展。”

东坡先生一口气赐教了他的个人心得……

苏轼诚然是我学习的榜样，我敬仰他的才华是最主要的一方面。我做过分析，苏轼 21 岁考中进士，凭一篇《刑赏忠厚之至论》在京城名声大噪，从此踏入仕途。德高望重的欧阳修忍不住赞叹："更三十年，无人道着我也！"人们传阅他的文章，就连当朝曹太后，也是他的忠实粉丝。彼时的苏轼，可谓风光无限。

然而，命运波谲云诡，世事变化无常。苏轼 34 岁时，因反对王安石的新法，自请到地方任职。43 岁，因"乌台诗案"贬官至黄州任团练副使。5 年后回京，然后又到地方上任职。57 岁时又被贬官至惠州。62 岁再次贬官至海南儋州，这是仅次于满门抄斩的处罚。

是的，苏轼的仕途之路，犹如一叶扁舟，随潮水起伏，三起三落。然而，在沉浮不定的人生面前，苏轼表现出了极强的适应力，横遭贬谪也好，外放僻地也罢，都没有使他颓唐丧志。不管身居何处，无论官位高低，他都能随遇而安，有所作为。

苏轼的文采更是超凡绝伦的，行文洋洋洒洒，诗词气势磅礴，这也得益于他能精微细察生活之美，静观平凡之乐。在文字的优美之外，苏轼更将那种可以跨越时空和历史的心灵意境，悄悄地植入人们的思想和灵魂当中。你看，"但愿人长久，千里共婵娟。""大江东去，浪淘尽，千古风流人物。""不识庐山真面目，只缘身在此山中。"苏轼的诗词，或豪迈奔放，或雅致婉约，出世入世之间，滋生出仁者之心、勇者之姿、智者之态与达者之怀，总是可以展现出生命的力量，给我以温暖的慰藉。

“拣尽寒枝不肯栖，寂寞沙洲冷。”这世上，风光得意总是侥幸，疾风骤雨才是人生。我穿过苏轼的诗词，去了解他的一生，发现苏轼的人生经历绝对不像那些浪漫的句子一样美好，风雨坎坷、悲欢离合才是苏轼一生的真实写照，但是，这个经历过风风雨雨、起起落落的文弱书生，却总能在坎坷的人世间处之泰然、潇洒自得。“一蓑烟雨任平生”，即便暴风雨来得很猛烈，他却乐观豁达，波澜不惊。

林语堂曾说：“苏轼已死，他的名字只是一个记忆，但是他留给我们的，是他那心灵的喜悦、思想的快乐，这才是万古不朽的。”总结得多好！我想，真正的成熟，不是人云亦云，跟随大众的脚步，而是在纷繁复杂的生活中，守住心灵的澄澈，维护自己的本心。

“夜阑风静縠纹平。”人生这艘跌宕起伏的航船，载着苏轼尝尽了世情冷暖，但他始终保持乐观豁达，活得恣意潇洒，实在是难能可贵。

三碗“神”水

这个世界上，有一个大约三四岁的小孩，在某一段时间，他感到非常孤独。那种孤独是一种惩罚，就像把一个孩子关在一间黑屋子里，而一群成年人在另外一间屋里谈笑风生，你说多可怕。后来，当这个小孩成长为成年人，这才知道，孤独是人生中一种自觉的独处，而不是惩罚，不是受伤者和患病者的退隐，也不是怪癖，而是作为一个人生活里真实存在的状态，他需要理解。这个小孩，就是我。

人们常说，被理解是幸运的，不被理解是常态。我也经常听说“道不同不相为谋”。现在看来，这句话固然没错，却也不乏一丝清高和傲慢。

在某些方面，伟人与凡人一样。比如，爱因斯坦就是一个被误解了一百年的伟人。不被理解才是天才的常态。当爱因斯坦一度被苏黎世理工学院拒之门外时，他一定想不到自己在往后几十年的人生里，将代表人类智慧抵达物理学的极限。他将以一己之力，颠覆艾萨克·牛顿统治了两百五十年的物理帝国，亲手构筑近现代物理体系的根基。只要你学过一些物理，你就绕不开他的 $E=mc^2$，绕不开他对光电效应的正确解释，绕不开他的相对论，绕不开他对量子力学的贡献。杨振宁先生曾说：“近现代物理的三大贡献，有两个半属于爱因斯坦。”这样一个人，他影响了后人一百年，可预见的是，还将继续影响下去。百年以前，无人理解爱因斯坦。百年以后，无人不知爱因斯坦，但仍然没多少人真正理解他。

我翻看成语词典，发现“道不同不相为谋”的成语故事，讲的是东汉时代的事。管宁与华歆二人为同窗好友，有一次，两人同席读书，有达官显贵乘车路过，管宁不受干扰，读书如故，而华歆却出门观看，羡慕不已。管宁见华歆与自己并非真正志同道合的朋友，便割席分坐。自此官宁再也不以华歆为友。

在人世间，本就是各人下雪，各人有各人的皎洁。你说除了我自己，还有多少人是能够真正懂我的呢？就算朝夕相处，也难免会有误会，而解释就是给予彼此相互了解的机会。

我看过一组“公式”，很有意思。我不问 + 你不说 = 误会；我问了 + 你不说 = 隔阂；我问了 + 你说了 = 尊重；你想说 + 我想问 = 默契；我不问 + 你说了 = 信任。这世上所有的误会都来自不解释，所有的矛盾都来自不沟通。明明可以继续同行，却因为沉默分道扬镳；明明可以冰释前嫌，却因为无言渐行渐远。

很多时候，沉默不是“金”，而是压垮一段感情的最后一根稻草。真这样了吗？话说伯夷、叔齐义不食周粟，饿死于首阳山。道不同，不相为谋。这是政治态度不同不相为谋的典型。司马迁又说：“世上学老子的人不屑于儒学，学儒学的人也不屑于老子。道不同，不相为谋。是不是说的这种情况呢？”这是思想观念、学术主张不同不相为谋的典型。

作为成年人的觉悟，我明白，其实每个人都是一座孤岛。指望他人猜中自己的心思，多数会失望。有时，一个解释就消除了一个误会、化解了一场矛盾、挽回了一段情义。再好的情义，也经不起一次又一次的“不解释”；再好的关系，也不能缺少愿意解释的耐心。理解，是心与心的疼惜与懂得，是一辈子的谅解和牵挂。多一份理解，就多一份温暖；多一份理解，就多一份感动；多一份理解，就多一层美好。

是的，人与人是很难互相理解的，但却又不断地接近。最近，看了一部淡淡的剧《静雪》。这部剧很容易看进去，剧如其名，很安静的一部剧，哪怕是深夜观看也不会打扰枕边人。整部剧是彩色的，也是温暖的；虽然是写聋哑人的，但是表达的东西很多。男主人的世界里一片寂静，以往的声音也渐渐被忘却，那种境况是难以感同身受的。其实，懂得手语不代表就理解了丧失听觉者的心境。而唯一的慰藉与希望，在于身边的人们都是温柔的。

人心是互助的，你理解别人，别人也会理解你，你为难别人，别人也会为难你。曾经我也奢望被理解，后来发现，不被理解才是真实。今天晚上，我在网上刚看过一段话：“人生一定要喝三碗水。第一碗，别人泼的冷水；第二碗，自己流的汗水；第三碗，不被理解的泪水。”人生苦难是有定数的，谁都无处逃。唯有喝下这三碗“神”水，尝遍苦涩与无奈，才能熬过世间万重难。

理解与被理解是一对孪生兄弟。理解是相互的，只有首先去理解别人，才能被别人所理解。理解是一种换位思考，也是对人生的一种领悟。理解多了，抱怨就少了；抱怨少了，幸福就多了。

我的“老乡”范仲淹

2023年6月28日，这一天，是让我记忆深刻的日子。也就是这一天，我丢失了一样东西，永远失去了。其实说东西，不准确，应该是一篇自己刚刚出炉，还是热气腾腾的小品文。由于自己的不小心，或者说是失误，在手机记事本上被永远“删除”掉了。简直是罪过！

这篇小品文，写的是范仲淹。话题开始于兴化籍老朋友沙晰清先生从省城来盐城工作。一次茶叙的机会，我们共话家常，仿佛又回到了少年。聊到范仲淹的一生，说起范仲淹在大丰修筑范公堤，扯到滕子京在白驹品尝“龙虎斗”烧饼，谈到“庆历新政”，又提到欧阳修。

我告诉沙先生一件事。去年早春时节，我第二次虔诚地拜谒了范文正公的像，这回又是在沙先生的老家兴化市。我仔细听着讲解员的介绍，其语气中明显带着自豪，这种自豪感是把范仲淹当作家里人向人炫耀的那种感觉。因为，范仲淹在这里做过令兴化人永远感念的三年知县，改变了兴化的历史。而我却有一种不露声色的微微嫉妒，因为我也早已在心里把范仲淹当作我的老乡。当年他作为北宋第一“包工头”，通过个人拼搏，接到了人生第一份建筑合同，在白驹修筑捍海堰，也就是现在的“范公堤”。

白驹现属于大丰管辖。当然，对于范仲淹来说，白驹是他人生事业起步的地方，这里谁也不能替代，所以我也感到异常骄傲。

范仲淹也是人，不是神。我记得，当时我和沙先生还饶有兴趣地聊到范仲淹曾即兴创作的《剔银灯·与欧阳公席上分题》一词。词的内容是："昨夜因看蜀志，笑曹操孙权刘备。用尽机关，徒劳心力，只得三分天地。屈指细寻思，争如共、刘伶一醉？人世都无百岁。少痴骏、老成尪悴。只有中间，些子少年，忍把浮名牵系？一品与千金，问白发、如何回避？"新政受到守旧派的阻挠，新政失败，范仲淹被贬职。临别之际，欧阳修请他喝了一场大酒。面对着支持他的好友，他写下这首苦闷之作。

范仲淹少年时代"冷水沃面"，青年时代踌躇满志，直到五十岁还在为国家征战沙场。如此坚韧地走过五十多年，苦心孤诣，就是为了实践政治理想，到头来却全都成了梦幻泡影。"庆历新政"失败后，不但他自己遭到了贬谪，还连累朋友下了大牢。于是他扒开头发让欧阳修看，说："给我一品大红袍，再赏我一千两黄金，能让我不要衰老吗？"

结合宋朝所处的历史环境和范仲淹的人生经历，我发现，范仲淹正是看穿看透了浮名小利不足牵系，认识到生命的本质和死的意义，决心要以更加务实的态度，趁着有为之年去成就一番事业，而不是等到老年一事无成，空余白首之叹。如此观之，我看《剔银灯》词里的范仲淹，仍是《岳阳楼记》里的范仲淹。范仲淹在我心目中的形象也并没有因为这几句牢骚话便有所损害，反而显得更加血肉丰满、亲切可感。

好多人读范仲淹的故事，都会纳闷：他这一辈子，为什么要这么拼？要知道,作为文官,他赶上了“仁宗盛世”这样的好时候，这是读书人过得最舒服的时代。他完全可以像同时代“名相”“名臣”们那样，没事写写词、喝喝酒，有事放放嘴炮、刷刷声望，一辈子完全可以舒舒服服，何必要这么折腾？因为在范仲淹看来，这时的大宋，不拼不行了！

不知从什么时候起，“出走半生，归来仍是少年”成了一句流行语。虽然这句话的“原型”，常被认为来自苏轼的“万里归来颜愈少”。但我总认为，这句话更像是范仲淹一辈子的写照。不以物喜，不以己悲。从范仲淹的人生经历中，我发掘出两个字：拼搏！范仲淹的一生是拼搏的一生、精彩的一生。他精力充沛的秘诀到底是什么呢？我想，应该是绝不把有限的精力浪费在无聊的内耗上。生活虐他千百遍，他待命运如初恋。

我跟沙先生开玩笑：“你说历史上最牛的公务员是谁？”我认为毫无疑问是范仲淹。人生在于努力，他把稀巴烂的人生，打造出了王炸般的顶级配置，实属不易。

历史是如此沉重，我却从另一面感受到满眼的风景。是的，我们回眸历史，那就要学会欣赏风景。最好的景致是什么呢？沙先生肯定地说：“是飘浮在历史天空中的那一缕浩然正气。”我深以为然。

所谓人生,无非是一个不断失去的过程。人生很宝贵的东西，像梳子豁了齿一样，会一个接一个从你手中滑落下去。我丢失了一篇小品文，又何足挂齿呢？

奢侈品

“你知道农村公共食堂为什么会解散吗？”一次茶叙时，我给同事刘成龙先生讲述了那段鲜为人知的历史故事。

话还得从 1961 年说起。当年 5 月初，周恩来到河北省邯郸专区武安县伯延公社调研。武安比周恩来想象得还要贫困。周恩来见路边的树光有树枝没有树叶，便问随行人员：“这树叶都哪去了？”陪同的干部怕说出实情让总理难过，就信口说：“被羊吃了。”

在先锋街大队第六公共食堂，周总理组织召开了由先锋、胜利两个大队干部及部分小队干部和社员代表参加的座谈会。开始，也有一些人说公共食堂好，可大多数人都没有表态。看到这种情况，周恩来说：“大家不要有顾虑，有话尽管说，说错了也不要紧。”

过了一会儿，还是无人发言，周恩来问坐在一边的农民张二廷：“你叫什么名字？怎么不说话呀？”张二廷猛地站起来：“总理，您叫说真话，还是说假话？”“当然是要说真话喽。”“要说真话，那刚才有些人说食堂好的话都是假话。食堂好，就是吃不饱！”总理问：“为什么吃不饱？”张二廷说：“总理您算算，一个人才多少指标？司务长、炊事员多吃点，他们的孩子老婆爹娘多吃点，干部再多吃点，还能剩几两？最多剩三四两，这会能吃饱？吃不饱，人浮肿，干活没劲儿，就连牲畜都瘦得能被风刮倒。这祸根一是干部作风浮夸，二是吃公共食堂！这种情况如再不纠正，过两年连您也吃不上饭了。”周恩来听完二廷的话，动情地说：“二廷，你是我下来遇到的第一个敢讲真话的人。好！咱俩交个朋友吧。”

回到北京，周恩来把调研得到的真实情况及时向毛泽东做了汇报。加上其他中央领导同志的调研结果与周恩来大致相同，此后不久中央做出决定，解散了农村公共食堂。这件事，却说明了这样一个事实：敢于站出来说真话重要，而敢于听逆耳忠言更重要。如若说敢于说真话需要一种勇气，那么能允许别人讲真话，则需要一种肚量。

这是个别现象，还是普遍问题？就为真话与假话这个话题，我与刘先生有了那一次深度交流。

刘先生有一个朋友是开装饰公司的。“同样是家装，同样是‘硬包 + 软包’，为什么人家装潢公司承诺 9.9 万元整包就可以做到，你却说不能呢？”又有一个客户这样问他朋友。刘先生朋友回复客户：“我觉得你应该质疑的是对方。你应该想为什么我说不可能的事别人非要说能呢？你自己算算：基础工程量多大？材料要多少？人工费又需要多少？公司能赚多少？ 19 万元的家装工程，人家 9.9 万元就可以接手。对方说了个谎，你也当个真！”这样的事情几乎每周都有很多次在刘先生朋友的公司发生。

真话，是这个时代不易获得的奢侈品。

我告诉刘先生一个事，问他可相信？昨天我接到一个电话，说是答谢老客户，只要付98元，就可以回馈你两瓶价值380元的某药酒，价值180元的人参，另加280元的健康按摩器。你信吗？信他个鬼！

假话好听，真话难得。真话往往不中听，讲出来容易遭人嫌弃，吃力还不讨好。一个人听真话的态度，往往能决定他人生的高度。我与刘先生聊到一个乐于听真话的人，就是国画大师徐悲鸿。

在徐悲鸿的一次画展上，众人都对他的画赞不绝口，可是一位老人却毫不客气地说他的《写东坡春江水暖诗意》这幅画里的鸭子画错了。徐悲鸿听了连忙走上前去，诚恳地向老人请教。老人说，看徐悲鸿画的麻鸭羽毛颜色应该是雌鸭，可尾巴却长而卷曲，这是错误之处。

然后，老人又详细地跟徐悲鸿讲解："我是一个老农，在乡下见的麻鸭多了。雄麻鸭羽毛鲜艳，有的尾巴卷曲；雌麻鸭羽毛为麻褐色，尾巴是很短的。"徐悲鸿听了非常认同，连忙向指正自己的老农表示真诚的谢意。

正是因为徐悲鸿虚怀若谷，乐于听取别人正确的批评，他的画技才会越来越精湛，最终成为一代艺术大师。可见，越是卓有成就的人，越能够放低身段，向人请教；越是肤浅的人，越是虚荣好面子，耻于纳谏。

在现实生活中，我也经常看到，很多人都有听不进逆耳忠言的毛病。总觉得别人对自己的批评是对自己的侮辱，甚至还会为了所谓的“面子”跟人家争执起来，这种做法是很愚蠢的。

别人真诚的批评，有时候比赞扬更可贵，因为那是能够改变自我的镜子。我刚工作的时候，脸皮薄，二十刚出头，干劲足，老所长张益聪表扬我的次数多，但也时不时地提醒我，说我哪里哪里做得还不够好，哪里哪里还需要改进，有时我还稍有抵触情绪，心里觉得不好接受。现在想想，那些点拨的话，对我都特别有好处。其实，好听的赞美并不全都代表喜欢，难听的真话也不真的代表反感。拒绝别人正确的批评，其实就是刻意回避自己的不足。唯有乐于让人指正，又懂得反省和改过，才能变得更加优秀，也会走得更远，登得更高。

“为人处世，最难得的，是敢于听真话，更懂得珍惜说真话的人。真话，是这个时代不易获得的奢侈品。那些敢和我说难听的真话，指正我的人，往往才是我生命中的贵人。”我和刘先生都一致认同这个观点。

别把“太闲”当“恩赐”

好的人生，都是忙出来的。

朋友刘广金先生跟我讲：“最近忙死了！累死了！上海的一个产业链项目就快落户了，前期大量的工作都要准备，时间紧、任务重，‘白 + 黑’‘5+2’，没日没夜地干，哎！”

我说：“你忙，这就对了！生活中最沉重的负担不是工作，而是无聊。”

他反问：“真的是这样吗？”

有人说，现在的所谓安稳就是历经世事后的淡泊。在还没有见到真正的世界时，就想“闲着”，就想船到码头车到站，到头来自己只会被称为“井底之蛙”。

闲，就会废。有一些东西，如果长期不用，闲置太久，会散架、会坏掉。

特别是一些金属制品，太久不用，就会生锈。还有一些电子产品，长期不用，会受潮，变得无法使用。

建材也是一样。房子更是如此。如果房子和人都闲着，会怎么样呢？在我农村老家，有一个真实的故事，验证了上面的结论。有一户人家，主家姓施，太太姓顾。太太是生产大队的队医，很有名气，主家施先生在外做生意。在20世纪80年代初期，就是大队里最有钱的“万元户”了，家里有三上三下的大别墅，有小汽车，别墅在大队东匡桥口最显眼、最耀人，令人羡慕。

我小时候，每每走到他家门口时，就跟自己嘀咕：“长大后，我如果有这样的大房子，那是多么幸福的事儿啊！”哪知道，天有不测风云，施老板在黄海边承包鱼塘，前一年挣了大钱，第二年，又向银行贷了一百万，扩大投资，再租赁几千亩鱼塘。秋天的时候，鱼犯了“大毛病”，所有鱼塘“颗粒无收”，一大屁股债还不上了，于是，夫妻俩连夜逃之夭夭，再也没有回来。后来听邻居讲，施家老夫妻俩为躲债，在外度日如年。

去年秋天，有一次回老家，想到这个当年的万元户，我专门去看了看当年心中向往的“大别墅”。老屋已是残垣断壁。推开吱吱作响的木门，呈现在眼前的是满院的荒草，足有半人高。后边厨房的墙已经坍塌，下午太阳直直地照在土灶上，竟有些人非人、物非物的凄凉。

房子闲着不用，也就废得荒芜。在这优胜劣汰的世界里，人也是如此，闲着闲着，也会废了，太可惜了！

贪图安逸，长时间闲着，只会让生命生锈，不再有提升自己价值的动力。人生如逆水行舟，不进则退。活到老，忙到老，才是最好的人生态度和追求。

在我印象中，我国新闻漫画的泰斗方成老先生，是一位百岁老人。他 80 岁时，背不驼、腰不弓，健步如飞，游泳动辄千米，骑车几十里路更是小菜一碟。90 岁时，还照样能骑自行车，走起路来比一些七八十岁的人还利索。100 岁时，方老身体依旧硬朗，甚至仍在坚持创作。方老说：“我平时每天都忙，脑子从来不停，很多像我这般年纪的人都老年痴呆了，我还能用电脑写文章。”问及他的养生经验,他的回答就是简单的一个字:“忙！”

“忙”是一个多么有意义的字，“闲”并不是一个人的福气。其实，废掉一个人最快的方式就是尽快让他闲下来。眼前的闲着更容易使人产生不必努力也能过得很好的错觉。

我确信，忙碌是一种心情，忙碌也是一种无法抗拒的使命。别把“太闲”当“恩赐”。忙碌，才是健康人生的真谛。

这个人有点儿“痴”

晚年时期的霍金曾多次在公开场合以及著作中说道：“不必去祈求上帝点燃导火纸，来启动宇宙的运行。没有谁创造宇宙，也没有谁指引我们的命运。”这个世界有没有上帝呢？如果有，我想他一定是公平的。

你看，不管是谁，上天给了他无限的机会，却总是只给他有限的时间、精力和才华，所以越是优秀，越要专注，越要痴心。

说到痴心，此刻我想到三毛说的话：“我觉得，一个人无论做什么事情，如果少了那份痴心和热爱，终是难以成就的。”痴心是做好一件事情的秘笈，它能让人在不知不觉中激发出活力，释放出潜能。你若念念不忘、扎扎实实、踏踏实实，早晚必有回响。

我听说过画家卢榀辰的故事。小时候，卢榀辰兴趣非常广泛，也很要强，绘画、钢琴、游泳、篮球、国际象棋，样样都学，样样都会，还要求自己都要得第一。这当然是不可能的，于是，他整天闷闷不乐，心灰意冷，学习成绩也一落千丈，有一次期中考试成绩竟排到全班的最后几名。

母亲知道后，并没有责骂他。晚饭之后，母亲把一个小漏斗和一捧花生放在桌子上，告诉他：“今晚，我要给你做一个实验。”母亲让他双手放在漏斗下面接着，然后捡起一粒花生投到漏斗里面，花生顺着漏斗滑到了他的手里。母亲投了十几次，他的手中就有了十几粒花生。然后，母亲抓起满满一把花生一下子放到漏斗里面，花生相互挤着，竟一粒也没有掉落下来。母亲意味深长地说："这个漏斗代表你，假如你每天痴心做好一件事，每天你就会有一分收获。可是，当你想把所有的事情挤到一起来做，反而连一分收获也得不到！"

合理的割舍才能更好地出发。唯有集中精力，全心全意将心神放到一件事情上，才能把事做好，才能继续做好后续的事情。三十多年过去了，卢榀辰一直铭记着母亲的教诲，痴心做好一件事，那就是画画。后来他终于成名成家，在国内外举办过二十次画展，六次获得国际金奖。

人得有点儿痴性，痴不是沉迷于灯红酒绿，而是对某一事物的真诚投入。有一次在朋友聚会上，有人问卢榀辰："你成功的秘诀是什么？为什么能取得这么多的奖项呢？"他微笑着说："听妈妈的话，永远没有错！因为我很小的时候就痴心于学画，况且三十几年来痴心如一。"

所有半途而废的事，皆是"痴心"不够。一个时常被画画折腾到凌晨两三点钟的人，并不是因为物质菲薄，而是痴心。正如一个种了一辈子花的人，并不是植物打发了他的闲余时间，而是痴心。这种痴心是热爱，是追求。

我以为，"痴"能变成一股灵气，正是因为有了"痴"，人才变得有血有肉；"痴"是一种对自我的成全，带点儿"痴"性的人，大都对生活怀揣着一份热忱。古人中不乏痴人，有徐霞客痴于山水，曹雪芹痴于其梦，有梵高这般沉醉画道几近疯癫的“画痴”，有王冕这般骑坐青牛上沉醉书中世界而忘忧的“书痴”，有李贺这般为创作诗歌至“呕出心乃已”的“诗魔”。

有人说，人生最可怕的两个词，一个叫执着，一个叫认真，认真的人改变自己，执着的人改变命运。其实，不论认真还是执着，都是“痴”的衍生品，先有痴，才有认真与执着。

一生只为一件事，真正的人生，都是痴心而为。袁隆平数十年如一日地进行水稻的优产育种研究，终于培育出高产量的杂交水稻良种。他说：“真的，我从没后悔过，我这个人有点儿痴，认准的路就一定要走到底。”而正是因为袁老的一个“痴”字，造就了他毕生成就，造福了千千万万个中国人，甚至全人类。

林语堂说：“人生必有痴，而后有成。痴各不同，或痴于财，或痴于禄，或痴于情，或痴于渔。各行其是，皆无不可。”痴于物，而成于心，修一个聪明的痴人，是很难做到的。

社会上痴人少有，大多是聪明人。一直以来，我也有一个小小的心愿，那就是养一颗痴心，做一个痴人，在一片痴心中删繁就简，在“痴心梦想”中专注于一到两件事情，实现自我价值。但是，一直没有做到心有所痴，也只能放慢脚步，坚守着努力，无须多言。

我的心在等待

打开夜窗，远处高楼上的亮影，像许多眼睛在眺望园内一片恬静的树木。眼前，冷冷的路灯光，洒在东湖的水面上，一闪一闪的。白日的喧嚣此时已渐渐褪去，隐约有汽车的鸣笛声，从耳边掠过。

此时，屋子里的电热暖气，拼命地散发着它的热量，让人不由觉得有些燥。我翻了一会儿电视，被某台的《动物世界》栏目所吸引，主持人在解说有“山猫”之称的猞猁。

猞猁，黄海滩涂上从没有见过。它是什么动物？这引起了我的好奇，慢慢看吧。真没有想到，今晚睡觉之前，还有这意外的收获。

原来，猞猁是猫科动物，其外形和猫相似，但体型偏大，属于中型猛兽，体长约为 1 米，四肢较长，毛发多为灰色；猞猁喜独居，在清晨、黄昏活动频繁，白天会躲藏起来休息。猞猁在我国主要分布于新疆、西藏、青海等地，属于国家二级保护动物。

小时候，在我们生产队有一户人家的房顶上，我看到过有一对类似大猫的雕砖，寓意着吉祥，用来保佑家人。现在想来，那一定是猞猁。

猞猁有猫的外表、老虎的心。不起眼的猞猁，在自己的一亩三分地里称王又称霸。

民间有这么一个传说，青藏高原上的兔狲、猞猁和雪豹原本是三兄弟。老大兔狲任劳任怨，把好吃的都留给了两个弟弟，所以自己就长得矮粗；雪豹是老三，有两个哥哥宠，所以从小就长得白净，是哥仨里颜值最高的；而猞猁作为中间的一个，前有大哥挑家，后有弟弟受宠，所以它就成了最不起眼的一个。故事虽然是编的，但从现实生活中的现象来看，还真有三分相似。

猞猁的名气之所以会这么低，最主要的原因是它真的太神秘了。虽然大多数野生动物都有避人的习性，但猞猁尤甚，即便是研究人员多次探访西南猞猁栖息地，也很难目击它们。

在我国古代，豺、狼、虎、豹是被并称为“四凶”的动物。大型猫科动物里面，战斗力以老虎为尊，被封为“百兽之王”，而在中小型猫科动物里面，猞猁为王。猞猁从来就不是好惹的，只是由于体型偏小，导致一直被人们低估了。实际上它根本就是一个缩小版的“百兽之王”。

在人们的传统印象中，狼是凶狠和实力的代表，在犬科里面体型也算是较大的，与猞猁相比，也是有较大优势的，所以人们先入为主地认为在狼与猞猁同分布的区域里面，猞猁会受到狼群的处处压制，生活于水深火热之中。但是想错了，猞猁不仅没有被狼压制，反而能够限制狼群的发展。在狼与猞猁共存的区域，猞猁杀狼是一件很平常的事情。可以想象，狼见了都要叫“大哥”的猞猁，在森林里有多“恐怖”！

猞猁喜欢独居。它们非常喜欢自由,所以就没有固定的住所。

自己走到哪里，家就在哪里，浑然是一个纯粹的流浪者。他们总是孤独地流浪在天地间。

猞猁性情谨慎，智商够用，并且技能多样，是动物界的全能选手。遇到危险时，它会装死，能骗过熊一类不食死物的“挑食鬼”。猞猁爬树的本领高强，甚至能在相邻的树之间跳跃，能让不善爬的敌人“望树兴叹”。此外，猞猁泳技高强，虽然不常下水，但却有游泳健将的能耐。

猞猁拥有非常敏锐的视觉，这使它在很多文化的神话传说中都有一席之地。在希腊、北欧和北美的神话中，认为猞猁能够看到人类看不见的东西，寓意“揭示隐藏的真相”。

其实，猞猁最大的本事不是“视觉”，而是等待。猞猁四肢粗壮、身体矫健，按道理说是一个善于奔跑的猎手，然而它在捕捉猎物时，并不热衷于追捕，而是常借助草丛、灌木丛、石头、大树等作掩体，埋伏在猎物经常路过的地方等候。它的忍耐性极好，能在一个地方静静地卧上几个昼夜，待猎物走近时，才出其不意地冲出来，将其捕获。如果猞猁捕空，它也不会穷追猎物，而是再回到原处或换一个地方，继续耐心等待下一次机会。

在等待的时候，耐心、专注。偶尔失手，它也不穷追不舍，而是保存体力等待第二次机会，非常有智慧。

人呢？人也一样。与其满世界奔跑，不如潜心耕耘，静待花开。不穷追你得不到的，耐心等待你能努力得到的，如此方能活得精彩。

从李开复到“李康复”

人的生命到底有没有意义？这是一个颇具争议的话题。

有些事，像一面镜子，把我的三观映照得一清二楚，让我看清自己是谁。而有些事，则像一把锤子，把我的三观砸得粉身碎骨，让我一度迷失。这些事，往往有关金钱、爱情、信义，抑或生死。《向死而生》是我看过的第一本关于生死的书。书的作者是创新工场董事长兼首席执行官李开复先生。

2013 年，李开复先生被《时代周刊》评选为“影响世界百大人物”之一。这一年的某一天，李开复先生出差在外地，当时正在和同事们一起做团队建设，他的老婆谢先玲突然发来一条短信，说三周前的检查结果已经出来了，医生初步判断他得了淋巴癌，现在已经四期了。看到妻子短信的李开复万念俱灰：“我的一生这么快就要结束了吗？我还有很多遗憾没有完成，我想要活着！”一向在工作上雷厉风行的他慌了神，到底该怎么办？他不得不停下手中热爱的工作，接受治疗。

2015 年 2 月 13 日，李开复先生在微博分享抗癌成果，称体检结果良好，肿瘤已不明显。2015 年 6 月 30 日，李开复先生再次分享好消息：“最近两次检查都看不到肿瘤了。”并打趣自己现在是“李康复”。

是的，一个人拥有健康的时候不觉得幸福，当他生病的时候，才猛然发现原来身体好是多么重要。有一副好的身体，做什么都香。这是李开复先生的人生感悟。

“我在病中经历了前所未有的身心煎熬，除了化疗副作用带来的痛苦，更多的痛苦则来自‘看山不是山’，对自己过去的许多信念、价值观，产生了动摇，开始深刻思考自己到底为什么而活。”字里行间无不流露出李开复先生的深深遗憾，好在一切都转危为安。这一段刻骨铭心的经历，让他对人生有了更多的感悟和思考。

从患癌到肿瘤消失，李开复先生仅用了 17 个月，无疑是抗癌榜样。这 17 个月，他停下了一切工作，积极配合治疗，不断给自己鼓劲，终于从医院走了出来。与癌症交手的日子正式结束，身体得到了修补，心灵上更是经历了一场涅槃。从此后，他更加注重生活本身，心境淡然，整个人通透了许多。

人到底是一个什么样的高级动物？一场疾病跟意外就能将一个人的尊严摧毁，前一刻还在阳光下，下一刻就只能待在昏暗的病房里。那些经历过重大疾病的人，一旦熬过去了，逃过一劫，对人生会有更加深刻的认识。

生病赐给李开复先生一个大大的告诫。他战胜癌症的经历，让我看到了四个成功经验。首先，要保持积极的心态，治疗效果的好坏，心态占了三分。心态好的人，身体抵抗力也更强。其次，要保证饮食的均衡和营养，多吃优质蛋白和新鲜蔬果。这些都是抗癌路上的得力助手。第三，充足的睡眠可以加速身体的恢复，提高免疫力。这是很多人都忽视的一点。最后，适量的运动可以促进身体的代谢和毒素排出。

所有人都是尘埃，国王也会被病痛打倒。人很脆弱，比自己想象得脆弱；人很坚强，比自己想象得坚强。有时想要的不多，得到却很难。我想，健康需要锻炼，心态需要修炼，命运只在自己。李开复先生说，他活了50多岁，一直没有分清什么是桂花，什么是茉莉花，等等。慢下来的时候，才感受到世界的美好。李开复先生这鲜活的案例告诉我，不要把所有事情都推到以后，别说将来，别等特殊的日子，要活在当下。

我知道，对于人生的迷茫，不在于别人给我的信息，而在于自己对这些信息的误解、再放大，才会导致自己的内心不得平复。人到中年后，常常被问到“我是谁？”“从哪里来？”“到哪里去？”这三个哲学问题，从李开复身上我又重新找到真正的自我。

人生的路，要靠自己一步一步去走，真正能保护我的，是我自己的选择。现实与梦想如何抉择？工作和生活孰轻孰重？李开复反思道：“健康、亲情、爱，才是永恒。”

我多年前曾读过《向死而生》这本书，也看过纪录片，现在拿来再读，依然能直击心灵。是啊，在人生重大变故面前，人的思考才是最深刻的；在死亡和疾病面前，人的感情才是最真实的。合上书，我自问：我究竟应该怎样对待自己的生命？到底什么才是自己真正想要的？

你想要的，岁月都会给你

我喜欢两个人喝茶聊天，也不排斥一个人边喝茶边思考。

炎炎夏日，听着蝉鸣，会让我的心情宁静。昨天晚饭后，我泡上一壶滇藏号普洱茶，一边欣赏着三江侗族民歌《蝉之歌》，一边饮茶沉思，这感觉比喧嚣时舒服。

此时灵感萌生，突发奇想，是不是蝉教会了我写作？蝉卵产在树枝孔眼中，赶在降温之前钻入地穴。蝉的若虫在地下生活二至三年，甚至五至六年，专心生长，长的甚至达到十七年，才能从地下钻出来，艰难地爬上树梢。这漫长黑暗中的等待，只为了博得阳光下一个月的刹那芳华。

小时候，我就有一个习惯，当我想做一件事的时候，就会废寝忘食地去完成。同时，我一定会好好琢磨这件事，为什么要做，怎么去做，怎样做得更好，当然也会去刻意地关注这件事情的发展动态。

最近格外关注毕飞宇先生有关写作方面的文章，慢慢我才发现这里头的内容挺多的，也就是说我自己需要学习的东西挺多的。

我知道，一定会有很多人只看到毕飞宇表面的光鲜亮丽和轻松，就一头扎进写作中，梦想着自己也能成为作家。然而当他们了解到事情没那么容易、没那么简单的时候，又会在犹犹豫豫中退出。

这个世界上，任何人都无法阻止自己改变自己。刚开始，我在《今日头条》写作的时候，每发出去一篇文章，总是心心念念，一会儿看看有没有人点赞，一会儿看看有没有增加粉丝。当粉丝增加到 2.1 万的时候，一整天都兴高采烈；一旦文章“石沉大海”,亦或阅读量低的时候,就会郁郁寡欢,几天都不想动笔。

写作是来自内心深处迫切需要倾诉时的最柔婉的途径。现在想想，我未免也太心急了些。写写停停，只关注回报，而不是逐步精进，那不叫写作。一个人连热爱文字都谈不上，只是聊以自慰，打发时间罢了。

易卜生说：“写作即是坐下来审判自己。”写作是因为愿把自己内心深处积累的感触用文字表达出来。

其实，写作没那么容易，也没那么难，它不是你满腹经纶即可造就的。三十年笔耕不辍，那才叫写作。

毕飞宇不也是一样吗？毕飞宇当年写起东西来是很苦的，在处女作发表之前，他大量地写稿、投稿，每次投稿时都把投稿日期记在本子上，没有一天不在等待回音。第一篇小说发表，他等了一年。在稿子寄出一年后得到了一封编辑回信，这封信改变了他的一生。

拿到用稿信后，毕飞宇没有回宿舍，而是去足球场跑了很久，又走了很久，他不相信这个事是真的。他打开信看看再折叠起来继续走，再走几圈再打开来看看，感觉就像做梦一样。

昨天我在健身圈，看到有个刷屏的车友，100 千米的自行车骑行路程，他用 6 个小时就骑下来了，很厉害了。但是，此骑友跟另外一个刷屏的跑友比，就是小巫见大巫。这个跑友同样是跑了一圈，100 千米仅用时 7 个半小时，简直让人膜拜。

100 千米差不多 2.5 个马拉松的距离，别说 100 千米，就是半马 20 千米我都没敢跑。100 千米有多少人敢尝试的？我连尝试都不敢，但是有人做到了。

这位跑友肯定也不是心血来潮随便跑一跑，人家肯定是有这样的实力的。没有日复一日、年复一年的训练，是不会有这样好的成绩的。

文无第一，武无第二。写作从来不是一件容易的事情，它需要我们不断地去学习去充电，笔耕不辍，反复地训练，不断地去写。终有一天自己会明白其中的真谛。

“写作是最好的修行方式之一。坚持了应该坚持的，放弃了应该放弃的。踏实一些，不要着急，你想要的，岁月都会给你！”此时，广东的陈琴老师来电话又聊到写作，她如此安慰我。我当作激励，以此践行着。

心浮气躁、急于求成是人的通病，能克服这一局限，方能走向成功。就像蝉鸣一样，有人听后的感觉是静，而有人听后的感受是噪。我想，不要因为有人嫌弃聒噪就让蝉停止鸣叫。写作的过程也是如此，不要因为个别人的负面评判，就搁浅自己的爱好。

是的，陈琴老师说得对。不要着急，坚持下去，你想要的，岁月都会给你！

进攻是最好的防守

最近，我在看《心力》一书，书中邓亚萍说，进攻是最好的防守。越是想赢，越是要有自信，就越不应该太在意结果，应该多在意“打好每 1 分球”。强化进攻，才能获得长远的发展，不断拓宽自己的人生边界，让自己的人生走得更高更远。

乒乓球是最简单、又最复杂的运动。人生就像打乒乓球，你可以视之为游戏，也可以视之为一生的坚守。

爱拼才会赢，努力就会有收获。千万不要随便说一样事物简单，也千万不要说自己多厉害，因为“山外青山楼外楼”。球友说：“人生就像打乒乓球，赢了一两个球，不一定就等于赢了这一局，输一两个球也不等于就输了这一局。”是的，单打有单打的规则，双打有双打的规则，不同的情况会有不同的规则，即使再厉害的高手，如果不认真去打，也会频频失误。高手在民间，功夫在球外。

打乒乓球最难的是接发球，因为每个人的发球都不一样，不仅要判断，接球还要果断。所以也想通了一个道理，没有谁会去适应自己的水平，只有自己不断地去适应不同的发球。

乒乓球比赛不仅是技术上的较量，更是心理和经验上的较量。就像人生一样，需要自己不断地去适应生存环境，提升自己。

乒乓球的进攻就是最好的防守，防守也是最强的进攻。没有打不死的球，没有挡不起的球，越到关键时刻越要积极主动进攻，将命运掌握在自己手里。在赢的时候不要改变打法，落后的时候要有耐心，不要犯低级错误。人生就像一颗乒乓球，虽然很轻很轻，可是没有外力的帮助，想要飞起来几乎没有可能。弄斧到班门，打球找高人，打出自己的状态、激情，就是胜利。

在任何情况下，要想获胜，足够的激情是必不可少的。在乒乓球场上，想要找到一个搭档是非常容易的，只要你手中有拍，而对方正好空位，就能顺势成为球友。以球交友，以球会友，从球品见人品，但是，从球友变成真正的朋友并不是一件容易的事情。打球的人要时刻保持乒乓球洁白圆润而又虚心的本质，在高峰时，不可目空一切；在状态爆棚时，不能忘乎所以；在坠落时，不应自甘堕落。

“进攻才是最好的防守。”不错，当自己打出自我之时，成绩已不再重要，重要的是过程，是内心的安慰。人生如球，球如人生。从球看人生，为人要直，处事要曲，耐打经磨，这就是所谓的“乒乓人生”，亦可说是“人生乒乓”。

人生中的“不可能三角”

如果说人生是一条漫长的道路，弯弯曲曲，起起伏伏，那么胡春延先生就是一位智慧的老者，总能站在岁月的渡口，找准方向，让生活丰富多彩，散发出耀眼的光芒。

胡先生是我的人生导师。

如今，他已经73岁高龄，头发花白，却身姿挺拔，灿烂的笑容以及令人赞叹的精神状态，让我明白，岁月无法击垮一个能把握人生的男子汉。

某个假日，我们师生围坐茶台前，一壶清茶，几缕清香。他为我解析了一个金融学概念——“不可能三角”。侃侃而谈的他，讲述着“欧元之父”蒙代尔的智慧结晶，让我对人生的选择又有了一次更深的领悟。

金融“不可能三角”，指的是在金融政策方面，资本自由流动、固定汇率和货币政策独立性，三者不可能兼得。后来，此概念也被引入到多个领域。

人生中的“不可能三角”，正如那金融世界中的困境，总会让人在取舍之间徘徊，因此，智慧的科学的选择极为重要。

记得那年国庆，阳光正好，我与胡老师一同漫步于动物园。面对奇特的动物，我们却无法一一观赏。胡老师微笑着告诉我：

“在时间和体力都不支持的情况下，我们不走回头路，每到一个路口，选择一个方向。”

第一个路口出现在眼前时，路标上写着一侧通往狮子园，一侧通往老虎山。胡老师琢磨了一下，选择了狮子园，因为狮子是“草原之王”。

又到一处路口，分别通向熊猫馆和孔雀园，胡老师又选择了熊猫馆，熊猫是“国宝”嘛……一边走一边选择，每选一处，就放弃另一处，遗憾一次。但胡老师总是当机立断，绝不犹豫。因为他懂得选择，我们也观赏到了动物园的精华。

“选择可能是轻松的，也可能是艰难的。鱼与熊掌不可兼得，能抓住人生‘一半’的美好，已经是很不容易的事情了。”胡老师感叹人生的不易。我想，也是。只有果断、智慧地做出正确的选择，才能减少遗憾，得到更多的收获。

说到选择，胡老师曾给他班上的学生出过一道选择题。我听后，感觉很有意思。

一个开着名贵双座跑车的人在郊外遇到三个拦车的人。一个是身患重病的老奶奶，一个是对他有救命之恩的医生，一个是他追求很久的梦中情人。可是，跑车只能搭载一个人。胡老师问台下的学生：“如果是你，该如何选择？”

许多同学都选择了重病的老奶奶，也有部分选择了医生，少数同学选择了梦中情人。

胡老师笑着说：“其实你们无论选择了谁，内心都会充满无奈。”这就是“不可能三角”之痛。

“但在本案中，逆向思维提供了另一种较为完美的选择，”胡老师接着说，“如果让医生开着你的车送老奶奶去医院，你和你的梦中情人在皎洁的月光下幸福漫步呢？”

同学们恍然大悟：“我怎么就没有想到？”

人们有时不懂得如何选择，是因为不善于放弃。在他们的思维里，或许从来就没有想到放弃那辆名贵的跑车，所以他们的选择里，只有老奶奶、医生、梦中情人三项选择，无论选择谁、放弃谁，结果总是不如愿、不完美。

例如，当官的“不可能三角”：当官、发财、廉洁。如果你想当官，又想发财，那么你就会不廉洁；如果你想当官又想廉洁，那么你不能想发财；如果你又想廉洁，又想发财，那么你就不要想当官。

有所不为，才能有所为。在人生旅途中，如果我们把遇到的每一件喜欢的东西都背上，某一天，我们可能因为太重的负荷而停滞不前，甚至悔恨终生。

这个世界，本身就很现实。选择工作时，我们很难选到钱多、事少、离家近的工作；选择对象时，很难找到有颜值、专一、又有钱的伴侣；买房时，很难买到地段好、价格低、舒适度都满意的房子。懂得适当放弃一些，才能得到更多的机会和更大的发展。放弃一些诱惑，才能够全身心地投入，才能够得到回报。金融“不可能三角”引申到人生中的方方面面，越嚼越有味。

网上有过这样一个问题：“普通人和优秀的人之间最大的区别是什么？”一个获得较多认同的回答：“普通人什么都想做，

优秀的人则选择把一件事做到精益求精。”而“同时想把屁股坐在两把椅子上”，却是大多数人生活的真实写照。

生活中，凡事想占尽所有美好的人，往往最终什么都得不到。“不坐两把椅子”，“懂取舍”并“知进退”，直面“不可能三角”，这是一种难得的清醒。

第三辑

寻常一样窗前月

寻常一样窗前月

“好球！好球好球！”“噢噢噢噢噢……”“打死！来！再来一个！打死！好球！”在球馆经常听到一旁的球友的欢呼声，有时不免影响他人的情绪。

“如何克制这帮球友打球兴奋时喊叫的现象？想得到您的建议。”张奇一先生在中场休息时突然问我。

“在晨练营，你尽管喊，没事，又不是国家比赛。你这种性格蛮好的，不需要为他人改变自己。不迎合、不奉承或讨好他人，自己永远不麻木，永远拥有独立的思想人格，不活在别人的眼光里，不取悦别人，但也有属于自己的世界。这样不好吗？”我一边欣赏着张先生的球拍，一边勉励他。

其实，人是要鼓励的。

寻常一样窗前月，才有梅花便不同。快乐是从自己的心中创造出来的，只要自己愿意睁开眼睛，敞开心胸，一定会寻到一处桃花源。

我跟张先生讲，我从不怕吃苦，就怕被冤枉。小时候，弟弟调皮而且有小性格。一次玩耍中，弟弟把家里的花瓶打碎了，我情急之下揍了他一顿。小弟来了脾气，哭着喊着不停，随手把一双袜子扔进了马桶，还赖皮推说袜子是我扔的。这件事一直闹到妈妈那边。

“小三子调皮就是要管，不打不成才！你做得对！你以后好好看着他！但弟弟岁数小，你也多‘容’着他，多哄哄他！”妈妈知道事情原委后，很有方法地教育我们兄弟俩。

长大后我跟老三开玩笑：“哥哥动手打人也不对，兄弟之间需要的是快乐而不是吵架。”每个人都是需要被夸奖和鼓励的，总是被打击的话，人是不会变强大的，在快乐中成长的孩子都比较热情、乐观。

人生最美好的记忆不是穿过林海雪原的壮观，或行走在风花雪月中的浪漫，而是曾经被其他人读懂过。电视剧《星汉灿烂》，作为一部古装偶像剧，剧中不仅是俊男美女谈恋爱，还有一些家国情怀，以及对子女的教育问题。程少商成长的过程中，祖母和葛氏的恶意放任让她顽劣，亲妈的批评和否定，让她寒心。而桑舜华和皇后的欣赏与鼓励，让她获得了成长的动力和信心。

能量是相互的。无论是什么样的人，成长的过程就是被塑造的过程。无论是对于孩子的教育，还是对于下属的培养，都需要肯定、鼓励与赞扬。充满正向的引导，会产生奇迹。

在安慰别人的时候，我有一百种方式去告诉别人，你没有你想象中的那么糟糕，你已经做得很好了。但是面对自己的时候，我却有一万种方法去否定自己。其实我自己也是需要被鼓励的！

张先生在听我一番话后，抬头问我另外一个话题：“那您又是一个怎样的人呢？”“张先生，这个问题一句话答不完。我家里房子装潢时，是全铺的木地板。好了，我可以告诉您，我是一个可以把木地板擦得很干净的人。在别人眼里，这件事情特别不起眼。但在我这里，我知道，我开始把眼光转向那些我做得好的地方，我一直在鼓励自己，因为我能做到。这个意义是非凡的！”

“好了，好了！我知道了，您不要鼓励我噢！”从张先生真诚的笑脸和自信的眼神中，我感觉到他明白了。

人要做成一件事情，是因为鼓励，绝不是因为打压。别人都说你不行，但我觉得自己可以，我就会成事。多夸奖自己，鼓励自己，现在得不到没关系，以后一定会得到。这是我个人的一点点理解。

人生有多重的选择，选择自己想要的生活，不为外界所干扰。点亮心中的梦想，善待生命的时光，建构一个共享快乐的乐园，种下欢喜，遍步成净土，步步生莲花。莲花又飘香，何乐而不为呢？

柔软生的茧

有一次，公务员面试题中有一道题是这样问的：“小蜗牛靠自己，给你什么启示？”小蜗牛问妈妈：“为什么我们从生下来，就要背负这个又硬又重的壳呢？”妈妈说：“因为我们的身体没有骨骼的支撑，只能爬，又爬不快，所以需要这个壳的保护。”小蜗牛问：“毛虫姐姐没有骨头，也爬不快，为什么她却不用背这个又硬又重的壳呢？”妈妈回答：“因为毛虫姐姐能变成蝴蝶，天空会保护她啊。”小蜗牛：“可是蚯蚓弟弟也没有骨头爬不快，也不会变成蝴蝶,他为什么不背这个又硬又重的壳呢？”妈妈讲：“因为蚯蚓弟弟会钻土,大地会保护他啊。”小蜗牛哭了起来：“我们好可怜啊，天空不保护，大地也不保护。”蜗牛妈妈安慰小蜗牛：“所以我们有壳啊！幸福是自己给的,我们不靠天,也不靠地,我们靠自己。”

幸福不全是别人赐予的，更多的是一点一滴在自己生命之中筑造起来的。小蜗牛的故事，告诉我们一个生存的法则，那就是适者生存、不适者被淘汰。生存本来就是一个优胜劣汰的过程，想要生存只能靠自己强化自己。如果你不能自立，谈何生存。凡事都要靠自己也就是自立，它既是人成熟的标志，也是每个成功者所具有的品质。这是点评老师对小蜗牛这道题的解读。

朋友吴海斌先生从事抛丸机销售已有多年，但直到前年才算是做稳了生意，赚到了钱。总结起生意经，吴先生感触颇深。他说自己走了很多弯路才明白一个道理。

刚入行时，他一直把经营人脉关系放在第一位，每天主动花钱邀约，参加应酬，请同行吃饭、打牌、洗澡、唱歌，只为在抛丸机行业里和大家攀上交情。做生意当然需广交朋友，可他却只专注在这一件事情上，当自己把所有的精力都用来搭建关系，哪还有心思去管理业务和提升专业呢？痛定思痛，吴先生决定另寻门路，重新出发。这回他选择实实在在地做业务，哪怕再繁琐的工程，也保质保量完工，诚心诚意地对待客户，哪怕再难缠的客人，也耐心细致地解释。之后，他开始得到越来越多人的认可，生意也日渐兴隆起来。

靠自己是一种勇气，一种力量，一种拥有幸福的本领。所有的坚强，都是柔软生的茧。人生如逆旅，我亦是行人。这一路有坦途，也有坎坷，想行得稳、走得远，就要靠自己。靠自己，是一种优雅的姿态。

自己的路自己走，即使遇见风雨，没有雨伞，也要给自己撑起一片天。自己的事自己做，即使碰上难题，没有答案，也要缜思密想，一步步攻克。靠自己，是抵御一切风雨的前提。自己的责自己扛，即使挑到重担，没有扶持，也要气定神宁，坚强地挺住。

种好梧桐树，自有凤凰来。当你真正变得强大了，无需刻意强求，全世界都会对你和颜悦色。不攀比、不抱怨、不计较；多包容、多理解、多付出；因为有一种最有效的努力，叫作靠自己！

心中的小院

汪曾祺先生说：“理想的住家是独门独院。”小院，既是一个居住空间，也是一种精神寄托。有一个自己的小院，远至迩安，精神才算是真正有了着落。

前些日子，我随区作家协会采风团，又一次来到“蓝城·春风原乡”。推开小院大门，青松翠竹映入眼帘，花香鸟语扑面袭来。我们一众文友，以院围合，相谈甚欢，共叙风雅，生活归宿感既在此处，也在眼前。

这小院满载着生活，而生活的故事又永远牵引着小院。小院是人心灵栖息的地方，有天有地的院落生活，是烙印在心底的情结，也为世人所推崇。时常为人们津津乐道的就有绍兴鲁迅先生的百草园、北京老舍先生的四合院和东阳卢员甫先生的卢宅等。说起小院，有人爱它的庭院深静，花树翳映；有人爱它的清流潆洄，山石参差；有人爱它的月门漏窗，风物如画；有人爱它的屋室回廊，构筑精巧……被盛誉为“天下小院之母”的苏州拙政园，庭院错落的小院仅60多亩。在苏州的北面这个叫恒北的地方，有一处200多亩的大“拙政园”——蓝城·春风原乡，她也是以小院见长。小院体现了一个“小”字，小中见巧，小中见境，小中见情，小中有大世界。这是我喜欢的。

恒北“蓝城·春风原乡”温泉小镇，是一组大概念，大概念下的一个核心要素是一幢一幢的小院。青砖黛瓦韵，蕉竹婆娑美，鸟吟檐间树，花落窗下书……我想，在这样的小院里生活，神闲气静，自然令人心满意得。

“绿篱围成的是一座宽敞的庭院，院内有两扇美丽的垂花门，三株海棠，四株马缨花，阳光洒落进来，而外人却看不见院里面。篱墙边上种着色彩斑斓的五色梅，我在晨曦中洗脸。这就是我的心愿。”随行的姚女士动情地对我说。

这又何尝不是我的心愿呢？择一方小院，随心浇花种草，春赏海棠烂漫，夏品榴花晚照，秋闻几许桂香，冬探傲霜红梅。或于微雨纷纷中看燕子双飞，或于芳春将尽时趣赏百花亲吻大地，或于中秋佳节之际醉揽天上皓月。于我小院之中，品人世生活之百味，亦不熏熏然耶？

小时候，我家的老宅是一座老式土坯茅草屋。屋前面是一块平整的泥土场，场外是一圈芦苇篱笆围成的院子。盛夏的晚上，妈妈总会在院子中央搁一张门板床，一大家子人围坐在床边，喝茶聊天乘凉。我独喜欢躺在板床上，仰望天空中的繁星，缥兮缈兮，思绪直飞苍穹，在梦中憧憬理想的世界。那时，感觉有个院子，外面的野生小动物就不会进来，有一份十足的安全感，让我悄然入梦。

他乡纵有当头月，不抵家乡一宅院。比我家安全感更足的是生产队里无锡知青一家。主人姓吴，有漆匠手艺，家境殷实。他家墙高院深，堆山叠石，庭院理水，植树栽花，是当地小有名气的私家花园。每次走近吴漆匠家门口时，我都会萌生遐想：长大以后，我会不会也能有一座像吴漆匠家那样好的大宅院？宅中有园，园中有屋；屋中有院，院中有树；树上看天，天上见月。憧憬中的大宅院，一定是人间天堂，世间最幸福的生活也不过是拥有这样的院子罢了。

这也是我个人的理想世界，世外桃源，梦中家园。总希望自己身处一方庭院深幽处，半卷闲书一壶茶，暂且远离尘世的喧嚣，看茶烟氤氲，读书海沉浮。总期望自己过上一段清简的时光，放下追逐，放下奔波，只为拨开人间嚷闹的云雾，让茶烟、书香滋养心灵；让时间一分一秒品竹弹丝，悠悠扬扬，慢慢而逝。

归来会重逢，无悔问西东。长大了，工作了，一转眼五十几年过去了，遗憾的是，到现在也没有属于自己的小院子。但偶尔还会做梦，梦到我生活在一方院中。家有院堂，一家老小，漫享时光。远离都市繁华的我，闲时修园种花，约上三五好友，院中小酌闲聊，赋诗作画，兴致盎然时，"楚河汉界"上搏杀几盘。好一派闲庭香桂棋落子，清风拂面诗定意。

梦非南柯，只是那一念纯境，与现实还在海天之间。儿时的庭院生活，是我精神上的一种特别享受。难得庭院生活，先贤已远，庭院犹在。现实虽无，心中却有。杨柳帘幕也好，秋千花架也罢，都是院落赠送给现代都市的生活方式，有情怀的人所憧憬的实则是那一方属于自己的心灵花园、情感小院。心中的庭院，不为贪图生活的奢华，而是追求生活的宁静，远离世俗，洁身自好。

朝沐日光，暮染烟霞，独家庭院，人间理想。那时，躺在院外的椅子上，半闭着眼，感受阳光从树叶间洒落下来的斑驳，过上自己想要的生活。现在想想，当我老了，闲来读好书，品香茗，饮佳酿，无风雨；当我老了，身心疲倦时，可以芭蕉听雨，逗弄锦鲤，临清池而静守自然；当我老了，头发白了，走不动了，院内暖阳泻在地上，屋内炉火旁打盹，回忆着自己的青春；当我老了，恒北“蓝城·春风原乡”的小院应该是最优的选择地，时常漫步，每每徜徉。那又是为了什么？是为了亲近自然，热爱有品质的生活。是为了追忆曾经的土院，不忘初心。

“不要等老了，我现在就选择春风原乡，在这里养花、种草、看书、听音乐，让分分秒秒也变得越来越老……”姚女士的幸福感溢于言表。

“一本书，一盏茶，一丝檀香，一束温暖，一座庭院，心与心相伴，盛满人间清欢。您是自由的、幸福的、快乐的，想到了就做，要做就做到最好！好！非常的好！”我向她投去羡慕的眼光。

修篱花木四季旺，曲径通幽享时光。有一座自己的小院，多好！

“吾毕生之愿，欲筑一土墙院子，门内多栽竹树花草，清晨日尚未出，望东海一片红霞，薄暮斜阳满树，立院中高处，俱见烟水平桥。”郑板桥先生的毕生所愿穿越两百多年的时光，来到现今的“蓝城·春风原乡”，依然灿烂炳焕，照亮着无数世人心中的一生所望。

其实，只要心中有庭院，日出月落，三餐四季都是桃花源。如果天下所有人都能拥有一方属于自己的人间四月天，那岂不就是大同胜境？

苏州美院

今天所说的美院，是古韵苏州的一所小巧却别具风味的美院。

《青春苏工艺》平台是这样介绍的——“她，一半古典，一半时尚。在苏州，你可看到‘绿浪东西南北水，红栏三百九十桥’的古韵美景，更可体会‘楼宇立交相辉映，人流涌动烟火明’的时尚风情。”

苏州工艺美术职业技术学院（简称“苏州美院”）即坐落于此。

夏日时节，恰逢激雨，雨停风轻气清。

我们一行前往苏州美院。周晓平老师是我们的向导，边走边介绍。从苏州国际教育园北区畅行到南区，漫游无远近，其兴正匆匆。路经国家森林公园、动物园、植物园，上方山、吴山、旺山，石湖水连续着太湖水。盛名于世的园林，其山其水让人心醉。杨柳湖畔，红桥如一条亮眼的柔软飘带，牵动满目苍翠，惊艳了整个夏日的美院。湖畔的睡莲俊俏而又温馨地开放着，如火如荼，悠悠忽忽的白天鹅，迎客大度，慢条斯理。我们看到了一幅美妙绝伦但又是活生生的“工艺美术画”。

苏州美院的校园极具江南风味，青砖黛瓦，袅袅青烟。它延续了颜文樑先生当年为苏州美专酌定的“黑白”主色，建筑格调灵动而安谧，呈现了吴地风格与现代元素的融合之美。

苏州美院是我国成立的第一所艺术设计高等职业院校，也是国家骨干院校之一，历史渊源可上溯至著名油画家、美术教育家颜文樑先生创办的苏州美术学校（1922 年）和苏州美术专科学校（1932 年）。学院拥有 90 多年的工艺美术教育传统，传承厚重。

苏州美院现任党委书记叫范卫东，是我们的盐城大丰老乡，也是我个人成长的导师、兄长兼好友。早在十九年前，他在南京倡议成立江苏高校办公室主任联盟。联盟时常搞活动，活动的唯一主题是如何做一名出色的办公室主任。说到底，便是如何把服务做到极致，怎样服务基层、服务群众，怎样成为上级、领导的参谋助手，怎样使单位和谐共进，把服务这个学问做大做深做细。范先生的好多理念、思路、想法，当时很新，现在仍不落后，对我们启发很大。

范书记向我们介绍，苏州美院一半传统，一半现代。美院与苏州城市精神一脉相承，立足传统与现代两个基点，致力于非物质文化遗产传人的培养和艺术设计教育国际化。在这所美丽的学校里，传统与现代结合得如此完美，教师和学生都会迸发激情。

“醉”美美院在苏州，最美人才在美院。我们拜访美院，广发“英雄帖”，诚招俊彦贤才。为何这么说？因为百名菁英“强村行动”计划，正需要美院的学生加入、参与和实践。

社会要发展，人才是关键。苏州美院设有多个国家、省市重点研究中心和培训基地，开展“工作室制”人才培养模式的创新实践，积极为地方文化创意产业服务。而把优秀的学生推荐到最合适的岗位上去，就好业、创好业，是我们一行来苏州美院的真实初衷。

这一次我们来得如当日的“夏雨”，及时、清新又令人陶醉。

隽秀宜君

宋亚萍在她的《初遇宜君》一文中说："不是第一次去往一个陌生的地方，却是第一次在夏季遇到一个如此清爽干净、惠风和畅的小城，更像是偷得夏暑半日闲。"

因工作关系，这个夏天，我来到了心仪已久的宜君。

宜君位于陕北南缘、铜川市北部，属子午岭山系。夏季平均气温 19℃，森林覆盖率 53.83%，被誉为秦岭以北最大的一叶"绿肺"，素有"中国避暑之城"的美誉。

我们一行，从南通兴东机场乘飞机到陕西咸阳机场。飞过大别山，腾越巫山，穿巡秦岭大小山脉，再从咸阳驾车两小时许，日既西倾、车怠马乏，才走进宜君。俯视川塬，遍布于山岭间的美丽乡村似乎在迎迓远道朋友，让我们与大自然亲密相拥，徜徉其间，欣赏绿野，享受慢节奏生活，开启愉悦之行。

汽车行驶在蜿蜒曲折的盘山公路上。此刻，移步换景，窗外的景色也随之变化，时而整齐的梯田呈现眼前，时而葱葱的密林遮住视线，行程的劳累顿时被宜君舒适的气候冲淡了许多。宜君，真不愧是避暑胜地！

"山不在高，有仙则名；水不在深，有龙则灵。"从远处看，宜君坐落在黄土高原南缘、子午岭的桥山余脉上。子午岭横跨陕甘两省，又名横岭。洛河与泾河分别流经其东西两边，因与本初子午线方向一致，故名子午岭。黄帝陵位于子午岭的桥山之巅，又被人们称作“圣人条”。这里是中华文明的发源地之一，有众多仰韶文化和龙山文化遗存。

同行的宜君县人大张主任，对宜君历史颇有研究。他向我们介绍了“宜君”名字的由来。当地流传着这样一则故事：隋炀帝是个懂得享受的皇帝，其在位期间曾携大臣、嫔妃，向长安东北出巡。在前行的路上，见有个土山梁，山梁上有一座金碧辉煌的宫殿。隋炀帝来到殿前，看到上书“宜君殿”三个金色大字，龙颜大悦，遂欣赏这山上的美景，但见层峦叠嶂，云雾缭绕，仿佛仙境一般。隋炀帝心有所感，在宜君停歇了多日。后来隋炀帝迁都洛阳，每年夏天都要来这里消暑。据说“宜君县”的“宜君”二字正是宜君殿这个殿名演化而来。不过这只是民间传说罢了。

其实，该地早在北魏期间已经设置了宜君县，此后便一直沿用至今。宜君县历经 1600 余年变迁，作为中原地区通往北疆边塞的重要通道和物资供应驿站，历来为兵家必争之要地。宜君县有中国最早的战国魏长城遗址，比秦长城早 144 年，有 2300 多年的历史，也是世界文化遗产。这里有距今 1400 多年的西魏和北魏以来的石窟和摩崖造像，不但具有很高的艺术价值，对研究我国自北朝至唐宋时期关中北部人文历史发展也很有意义。这里是药王孙思邈曾经生活过的地方；这里流传着有关战国时期纵横家鼻祖鬼谷子、孟姜女、杨家将等人物的传奇和故事，有历朝历代英雄人物征战留下的遗迹。

三秦大地历史悠长，许多地名或遗韵深远或别致有趣。“宜于君来”是宜君县名的含义之一。这座山梁上的小城，地域不大，一条街包含了全部的党政机关、医学工商。东侧一条南北走向的山谷，名叫花溪谷。我们入住的宾馆就在花溪谷边上。第二天一大清早，掀开窗帘，但见远处的山峦被云海萦绕着，宛如仙境一般。看一看那朝阳下的云蒸霞蔚，便觉心旷神怡。乳白云海衬着淡蓝天空，朝霞微酡，将古人所谓“海天霞”一词借来形容它是最为贴切了。

地福有福地，宜君君宜来。如果说我生长的城市——盐城大丰的夏天是热烈奔放的，那么铜川宜君的夏天则可以用温柔多情来形容。宜君县城，地处于周边比较高的一个位置，所以无论走在什么地方，你都可以感受到不远万里翻山越岭而来的风，像是在讲述一个老朋友的故事，又像是在介绍沿途风景的美妙。

望得见青山，看得见绿水，记得住乡愁。这是一个充满画意的地方，景色优美，空气清新，民风淳朴，悠闲自在。她可能不是铜川最富裕的县城，也没有大都市的繁华喧嚣，却比别处多了几分低调、清净和安宁。这里的人们，在诗意般的山水间栖居，尽享生命之意蕴，尽受老天之恩赐，或许这才是最幸福的。

“山水，性兮之所适。”三天匆忙的工作行程很快就结束了，但宜君的故事仍将一直延续。我在心中说，宜君是陕西最美的会客厅，是一座来过就会让人流连忘返乃至梦牵魂萦的胜地。

遇见时光

尘世间有许多的相遇别离，就像那花开花落，有美艳也有凋落。“你在我生命中出现，划过一道弧线，也许是遥远的期盼，前世许下的诺言，我不知不觉已沦陷……我知道遇见你是我一生最美丽最幸运的事。”这是黄荣唱的《最幸运的事》中的歌词，很动人。

遇见你，是一个最美丽的意外。一切都明明白白的，但仍匆匆错过。遇见，是一个多么动人的名词。于这茫茫人海中，于这网海苍茫中，每天有多少匆匆相遇，每天又有多少擦肩而过。

在南京先锋书店咖啡吧的留言墙上，我看到了许多故事。人生有很多种错过，但是，所有的错过都只是为了最终的遇见。如张爱玲所言：“于千万人之中遇见你所要遇见的人，于千万年之中，时间无涯的荒野里，没有早一步，也没有晚一步，刚巧赶上了，那也没有别的话可说，唯有轻轻地问一声，噢，你也在这里吗？”

你说，永远不要去羡慕别人的生活，即使那个人看来快乐富足。窗外的天空，一直那么蓝。天上的白云，一直那么白。云中的阳光，一直那么暖。遇见你，是因为有缘。不然，为何？身边的花儿，总是开得那么艳。树上的叶儿，总是绿得那么翠。

飞过的鸟儿，总是叫得那么欢。

生活中一个好的心态，可以使你乐观豁达。遇见你，是宿命。不然，为何？你说，命里有时终须有，命里无时莫强求，不要去强求那些不属于自己的东西，要学会适时地放弃。我珍惜这一场与你的盛大相遇，一个无意的回眸，便把我葬在了一生的等待中。任岁月飘零，或许你还不知晓，我把你珍藏在心底，让温柔定格在最深的记忆里。

人生这场旅行，你会途经数不清的美景，会与很多人有相遇的故事，美得如诗如画。你总说时光过得太快，开过的花还没好好欣赏就落下；我总嫌日落西山那么仓促，写下的小楷还没来得及着色；种下的清风、鸟鸣，还有那一枚弯弯的相思，却已经生出风情万种。

你如深山的那朵花，未遇见你时，山无颜色，鸟亦不鸣，水亦不流；那日遇见你，刹那间你那么鲜艳，鸟儿亦叫得欢，山泉如我之激情汩汩地流向远方。

“遇见时光，遇见你。你只有先做最好的自己，才能遇到最好的别人，才会和最好的时光不期而遇。”一同逛书店的沈峰先生如是说。

遇见，大概是世上最美妙的事情。因为遇见，所以等待。遇你，与你，予你，余你。相遇的时光，从容，且缓；亦真，亦幻；如莲，如禅。

月光落在左手上

余秀华，有人对其高歌赞扬，有人对其嗤之以鼻。一名“脑瘫诗人”，《月光落在左手上》销量突破 10 万册，成为二十年来中国最畅销的诗集之一。

“我已经习惯了那里的环境，哪怕是孤独的，我也习惯了这种孤独。”其实，余秀华的诗歌，远远没有她的名字和她的经历出名。余秀华的成名是不是一场意外？

我随机询问了 20 个人，真正了解余秀华的，微乎其微。但网上，了解她的人却很多。成名后的余秀华去了很多地方，见了许多人，但她称自己的成名只是一场意外，当这一阵风过去后，她还是会回到横店村。

一首《穿过大半个中国去睡你》使湖北诗人余秀华几乎在一夜之间成了网络名人，还被冠以“中国的艾米莉·狄金森”的标签。时间过去了大半年，余秀华在珠海的读者见面会上，仍然不改其本色，直言自己不希望被太多人理解和帮助，“正如诗歌这么自然的东西一样，被贴上标签的诗歌也不是好诗”。谈及写得最多的是爱情诗，然而现实中她却“没有爱情”。

我用非名人的眼光看这个世界，总觉得有时生活的改变是一场意外，命运的安排真的很奇妙。有些人拼命工作，不断努力才终于站在聚光灯和数百万粉丝面前，而有些人仅仅因为偶然的机会就登上了舞台，意外成名。

比如阿杜，一代情歌王子，患精神病后又得抑郁症，自身成名也是一场意外。想必很多人在脑海中对阿杜都有记忆，我最为熟悉的就是他的一首歌《他一定很爱你》，这也成了阿杜众多歌曲当中的代表作。很多人会有这样的误解，以为阿杜是中国人，其实阿杜是新加坡人，在陪同朋友去参加音乐比赛的时候，意外因为自己极具特色的嗓音，被导师看中加入了海蝶唱片，从此开始了自己的歌手之路。阿杜的成名是一场意外，来到中国发展的阿杜也是由于一场意外。

人如果想要成功，不仅仅需要有才华，还需要机会。这句话对于央视名嘴任鲁豫来说肯定也是深有体会的，他曾经的成功之路就十分奇妙。只因为送稿子便意外成为一名主播，他曾经连续五年登上春晚舞台，担任主持人这一重要角色，如今更是公认的央视“一哥”。

在网络发达的时代，很多普通人实现了成为明星的梦想。一个视频，一个自拍，上了一次节目，可能瞬间受到大众欢迎。旭日阳刚组合是从《星光大道》中出来的农民歌手，在大江南北也很有人气。几年后的今日，某网友拍摄到旭日阳刚在街上摆摊子唱歌，两人难得在一起，从前很受欢迎，这时显得有点落寞。草根变得有名不是简单的事情。即使意外出名了，如果还保留着农民歌手的质朴，那么结局也许会有所不同。

目前，自媒体逐渐成为一种新兴的传媒方式。自媒体让普通人也有了发声的机会,让更多人获得了知名度和影响力。其中,自媒体“网红”就是自媒体领域最广为人知的一类人物，如罗永浩、马薇薇、冯提莫、柯南接客、李锐、四叔等。

他们以自己的才艺、经验、创意、话题等吸引粉丝和关注，意外成为网民喜爱的明星级别的公众人物。

在这个数据为王、流量至上的时代，操纵一个人的神经易如反掌，只要有噱头、会炒作，便会被流量绑架，被数据裹挟，一切认知与方向都会向利益靠拢，人也会变得不像自己。网络从不会缺少像辣王李永志这样的网红,凭借自己的天赋,以猎奇、新鲜的方式带动人们的眼球。然而，一味压榨、无节制地消耗，却也只会让自己深陷泥潭之中。

成名永远不该是目的，而只是多元人生选择的附加值。再回到网红余秀华的这个话题。她是一个充满争议性的女性人物。关于她的走红，可以说是一个意外，也可以说是一个“蓄谋已久”的结局。这话怎么讲？对于余秀华而言，她的走红，属于意外；对于那些费尽心血，想着如何去引爆话题的“媒体人”来说，倒是情理之中的结果。因为，成年人的世界很现实，网红一旦失去了价值，就会被无情地抛弃，那些已有的馈赠，也会被一一收回。我倒是认为，不论是哪一个网红，千万不可为了短短的网络视频，遗忘了自己的坚持，也不能因为那短短的成名之路,毁掉了自己的所有。这一点,余秀华应该看得清清楚楚。

毕竟，成名从来都是一场意外，平静才是永远的生活。踏踏实实做好每一件事，平平淡淡地对待人生中的每一次意外、惊喜，只把它当作一份礼物，也许我们的人生广度会增加，我们就能到达更高的山峰，看到更美的风景。

意外的成名，还是意料中的成名，是天意，也是人为。做自己喜欢的事是自由，喜欢自己做的事是幸福，所有的一切都要自己去选择。至于月光究竟是落在左手上，还是落在右手上，我看并不重要。

与凤凰同飞

《喻世明言》第五卷《穷马周遭际卖䭔媪》里，马周一生遇到了达奚、王公、常何、太宗等贵人，言无不听，谏无不从，不上三年，直做到吏部尚书。

马周任期内，度量宽宏，百姓无不敬服。大唐贞观改元后，文有十八学士，武有十八路总管，鸳班济济，鹭序彬彬。同样也显示当时的太宗皇帝仁明有道，信用贤臣。

从马周的身上可以看出，他所走过的每一段路，遇见的每一个人，做的每一件事，其实都潜移默化地影响着他的命运，带领他走向不同的路。

世间事，世人度；人间理，人自悟。与智者同行，路自然宽；与高人为伍，走得更远；与凤凰同飞，必是俊鸟。优秀的人就像太阳一样，为你带来光芒，当你逐渐适应了明亮，就再也不想回到黑暗中去了。物以类聚，人以群分。正如有句话说的，你是谁并不重要，重要的是你和谁在一起。古有“孟母三迁”，足以说明周围人的重要性。和优秀的人在一起，我们也会变优秀。

卡耐基曾说：“想要获得成功，方向比速度更为重要。选对了同行人，你也就成功了一半。”你想成为什么样的人，就与什么人接近。 选择和什么样的人在一起，就会成为什么样的人，拥有什么样的人生。

据说，一个人一生会遇到约2920万人，虽然很多时候，我们不知道自己会遇到什么样的人，但我们有选择权，可以选择和什么样的人同行，选择远离哪些人。

选择都是双向的，当我们在选择别人的时候，其实别人也在选择我们，静下心来，做好自己，让自己变得更优秀，你所欣赏的优质圈子、优秀的人就会离你更近。

你是谁，就会遇到谁。马周是幸运的，同样也是优秀的。

邂逅诗意

我早就想写一篇“烟火书香”的小文。昨天晚上看到一个网友发出的早年照片和一段文字，让我又联想到这个话题。

“二十年前和弟弟的合影，那个时候的我还是一枚土妞，当然现在也是。但那时是真苗条啊，当时身高1.73米、体重105斤，现在身高1.75米、体重135斤，当我看到30斤的‘猪肉’摆在面前，才恍然大悟，时光于我就是一把‘猪饲料’。这都是烟火惹的祸！”——这是一个网友活色生香的烟火人生。

为此，我专门采访了身边的郎先生：“你理想的生活是什么样子的呢？”“脚踏实地地生活，安于人间烟火，不抱怨柴米油盐的琐碎和人情世故的烦恼。同时拥有仰望星空的眼界，捕捉皓月苍穹的诗意，装饰平凡的生活。”他说。

说得多好！理想与现实同在，苍天与大地同辉。生活本来就是平淡中添加的五味杂陈，苦涩中的甜蜜，负累中的喜悦，矛盾复杂中道不清、说不明的就是烟火人生。一个人最好的生活状态，如果让我选择，我想手执烟火以谋生，心怀诗意以谋爱。书香伴着饭香，便是最温暖又笃定的幸福人生。

烟火人生，明媚流年。信息时代给了我更多的视野，也给了我更多的选择。时间沉淀酿造的儿时记忆，是生活必不可少的调味料。从小闻着烟火味长大的我，现在还时常惦念小时候爷爷碗里的一口老白酒，怀念奶奶夏天早上准备的那一盘咸瓜炒毛豆，想念妈妈炸的肉圆子。一个家最高级的仪式感，应该就是烟火气。

昨天夜里我做了一个梦。梦中也出现了这样的场景——炒锅在灶台上滋滋作响，炊烟伴随着饭香袅袅而起。爷爷奶奶穿着围裙，催促着开饭；爸爸妈妈赶忙张罗着，把饭菜端上桌；几个小孩迫切地爬上长条凳子，拿起筷子先偷吃几块红烧肉。人生最幸福的，不过是一家人烟火味里的彼此守候。热气腾腾的餐桌，一家人团圆，笑语满堂，推杯换盏。那些最热烈的感情、最美好的故事，永远都藏在一粥一饭的守候和一颦一笑的温暖中。这就是老一代诗意的生活，安心的人间烟火。

“你要把书读好，读出个名堂来！”这是小时候爸爸经常教导我的话。我想，生活中的许多不解与疑惑，都能在书中找到答案。无论是驱赶迷茫、对抗平庸，还是消解苦难，读书是最简单也是最实用的方法。

曾经年少轻狂的我，那么不顾一切地追求远方的彩虹，在风雨中无畏奔跑。现在不一样了，有一本书相伴，心也安了。今早我整理了一下床头的“枕边书”，安静地端坐在灯下，开启早晨的写字、阅读、记笔记时光。这是一天中我最喜欢的静谧时光。随着时间的推移，我渐渐地明白，我一生所求，不过是枕边有书、家中有爱、心中有情怀。一半诗意、一半烟火，一半书香、一半远方，这才是生活最美的样子。我时常提醒自己，工作再忙，也要记得读书，别怠慢了灵魂；生活再累，也要懂得陪伴，别怠慢了家人。

一个人最高贵的气质，是书香气。关于读书，看过一段很喜欢的话：“许多时候，我们可能以为许多看过的书籍都成过眼烟云，不复记忆，其实它们仍是潜在的。在气质里、在谈吐上、在胸襟的无涯，当然也可能显露在生活和文字中。”阅读，是一个水滴石穿的过程。读一本书，可能感受不到什么变化。读一百本书，可以掌握一些必要的知识和技能，也能游刃有余地解决一些问题。读千本书，则见识和胸怀会打开得更大，遇到再大的波澜也更从容应对，心中有数。

我很欣赏钱锺书与杨绛他们家的书香气息。如果说，人生是一场漫长的修行，在旅途中，也会有各种各样的遇见。遇见花开半夏，遇见雪落倾城，也遇见形形色色的人，于是便有了各种各样的故事。1990 年，钱锺书的小说《围城》拍成了电视剧，他一夜之间变成了名人。各界人士都慕名而来，要求一睹他的丰采。夫妻俩并不愿享受众星捧月的风光，而是安心读书。

杨绛在《我们仨》中感慨：“假如他没有名，我们该多么清静！”她常常为钱锺书挡客，夫妻俩在满室书香中静静地工作。他们这一生低调、朴素、淡泊名利，却活得比谁都满足。正如杨绛自己所说：“简朴的生活、高贵的灵魂，是人生的至高境界。”世间浮躁又喧嚣，但越是在复杂的环境中，越要做一个简单而淡然的人。欲望越多，烦恼就越多，最终困于俗世中挣扎不得。懂得删繁就简，保持心境平和，才是人生的大智慧。

热爱可抵岁月漫长。最近我读了日本作家小川糸写的《狗狗、企鹅和我》。在作者对自己平淡生活的描述中，我同样可以感受到别样的温暖与爱。在这本书中有很多作者的日常生活描述，她会做一顿美味佳肴，会去看电影，会出去旅游，也会因为一些新闻事件感到失望、郁闷与困惑。她家里还有一只狗,名叫“柯罗”，非常可爱、活泼。真实的烟火生活大概就是这样吧，简单自然，也可以很丰富。

可将读书当成一种乐趣，更可内化为一种生活方式。在书香文墨中，润泽生活的枯燥，充盈自己的头脑。纵然人生也会有风雨，我们依然可以在平凡的人间烟火中，活出潇洒坦荡，活出盎然诗意。

有趣的灵魂万里挑一

一生专注做一件事，用全部时间去做自己喜欢的事。我想，那一定是一个有趣的灵魂。

“大多数人一生碌碌无为，不是因为他们没有梦想，而是梦想太多，多到无所适从，在犹豫中徒耗生命。”文友申晓芸总结得非常好。很多时候，我们将时间浪费在无意义的人和事上，倒不如专心做自己真正喜欢的事情，更有意义。

我身边也有这样的人。一生只关注、研究、思考、实践一件事，如海盐文化、黄海潮间带、瓷刻、摄影等，都颇有成就。一生只研究海盐文化的邹迎曦老先生跟我说：“我今年 86 岁了，我的体会是，普通人这一生，可以不成为‘家’、成为‘师’，但可以选择成为一个‘匠’，拥有一技，立足于社会，服务于大众，做一个独一无二的‘匠人’。”

当我们真正热爱这个世界时，才真正活在这个世界上。只要你足够专注，足够热爱你喜欢的事情，即使平凡的职业也可以成就无上荣光的闪光事业。

又有多少人愿意把一件简单的事做到极致呢？陈银付就是这样的人，一生只做一件事：瓷刻。他是中国著名瓷刻艺术家、江苏省非遗项目大丰瓷刻代表性传承人、“江苏工匠”荣誉称号获得者。陈银付的瓷刻代表作品《水浒一百零八将》《麋鹿王》《王者之风》连续三届摘得中国（国家级）工艺美术大师精品博览会桂冠。

有一天，我在陈银付工作室，回过头来再看他的作品时，我的心顿时安静了下来。在这个浮躁的世界里，真的有人用万分的心血，去做好一件事情。

某一天，我突然发现鬓角有几缕白发，看着镜子里沧桑的自己，忽然觉得时间太快了，快得我还没有来得及反应，就恍然发现已过半生。一年又一年，自己想做的事情太多，时光就像飞逝的流星，渐渐抹去了我的青涩，还有很多愿望没有实现。

我在想，我能不能把过去一直坚持做的几件事继续坚持下去呢？认真去做点儿事，做点儿自己喜欢的事情，可能远比费尽心力去讨好一个不待见自己的人收获要大。

我很认可摩西奶奶所说的话："人生永远没有太晚的开始。"实际上，现在就是最好的时光。对于一个真正有追求的人来说，生命的每个时期都是年轻的，也都是及时的。

老人也有老人的乐趣。前段时间，我与朋友聊到一位北京教授，85岁，有儿有女，退休前专注于航天专业，事业有成。退休后自娱自乐，月退休金1.5万元，他用每月2500元工资雇佣了一个做自媒体的保姆。从自媒体上看到，他每天的生活就是自检身体指标、享受有营养的食品、网购、游泳、养花、赏鱼、开车、旅游、唱歌……这仅仅是这位北京教授展示给我们日常生活的一面。我倒是认为，这位北京教授退休后最最关注的仅有一件事，那就是吃。退休 26 年，研究吃文化 26 年，他的理念是专注吃，吃出花样、吃出文化、吃出健康，也吃出了幸福，了不起。

美丽的皮囊千篇一律，有趣的灵魂万里挑一。我想，我没有必要和大多数人每天走一样的路，听一样的音乐，看一样的电视剧，刷一样的视频，那是人家的生活轨迹，我可以有我的人生轨道。

村上春树说："人生本来如此，喜欢的事自然可以坚持，不喜欢的怎么也长久不了。"看过《阿甘正传》的人都知道，阿甘正是一直在做自己喜欢和擅长的事情，所以能够做到其他很多人想做而做不到的事情。"阿甘的故事同时也告诉我，人不必太聪明，只要有恒心，坚持不懈地做自己喜欢的事情，再加上一点儿运气，成绩也是可以期待的。"申女士如是说。

人有时候需要有一件事，一件自己专注的、喜欢的事，牵引着自己往前走。不炫耀、不声张、不迎合，而又能孜孜不倦，这样方能看山见山高，看水见水清，看云见云闲，才能找到最好的自己。

我想，这才是人生最睿智的选择。

落地给我发个信息

2022 年 3 月 21 日，是一个普通的日子。

这一天，一架由昆明飞往广州，搭载 123 位乘客、9 名机组人员的波音 737 客机，突然从 8869 米的高空坠落。飞机上 132 人，生死未卜。132 人，背后是 132 个家。他们，是谁家的父母？谁家的儿女？又是谁家的妻子？谁家的丈夫？

有人问：何为死亡？答曰：万物皆永恒，卿不在。我坐飞机的次数并不多，唯一遇到的一次气流颠簸，都令当时的我呼吸急促、紧张到握拳。我无法想象，如果这种事发生在自己或亲人身上，会是怎样？真的，想都不敢想。更无法想象，那天下午那个时刻，从 8 千米高空几乎直线下坠，当时飞机上的他们，经历了怎样的恐慌和绝望？他们只是在一个非常普通的日子，搭乘一次非常普通的航班，他们可能还在想着下飞机后，与爱人团圆，和同事相见，只是没想到，一别就是永远。

最难过的离开，一定是毫无征兆的意外。那些想做但还没来得及去做的事，想说但还没说出口的话，想见但还没去见的人，都还没来得及好好告别呀！人生无常，明天和意外，永远不知道哪个先来。真正的别离，没有桃花潭水，没有长亭古道，只不过在同样撒满阳光的早上，有人留在了昨天。本以为有些人，坐飞机就能见到，可这一次，或许只能在梦里相见。

生命来来往往，来日并不方长。今天，我才知道“落地给我发个信息”这句话，是多么珍贵，它代表平安，代表有人时刻都在牵挂着你。看多了世事无常，越发觉得当下平安生活的每一分、每一秒，都是运气，也是福气；越发觉得，天地之间，若白驹过隙，倏然而已，珍惜当下，才是生活最大的意义。

时间是一只藏在黑暗中的温柔的手，在你一走神一恍惚之间，孩子长大、父母老去、亲人离开、物换星移。所以，如果有时间，请你好好陪陪孩子，看着他们一点点长大，陪他们一起体验成长的乐趣；如果有时间，好好陪陪父母，对他们而言，最大的礼物，不是给他们多少钱，而是你有时间，陪着他们，聊聊家常；也请你，好好珍惜自己爱的人，好好照顾自己的身体，平安就是福……

独爱黑咖啡

这个周末，对于我来说是少有的空闲时间。暂时放下所有事情，约上胡春延、王兴春两位文友，来到梧桐咖啡馆，品一杯黑咖啡，享受着春柳美景和眼前的醇香，不但放松了身心，还联络了文友之间的感情。

“您好，要不要来三杯梧桐黑咖啡？”沈琳经理刚好从座位旁经过，主动来招呼。“是的，三杯黑咖啡。不加奶不加糖。谢谢沈经理！”

不大的店面处处充盈着文艺风情，一排架子上排列着各种书籍，木质的桌椅板凳，就连放在桌上精心挑选的小盆栽，都透露着浓浓的文艺情怀，空间利用得很是合理。秋日午后的阳光总是懒懒的、不急不躁的，透过梧桐咖啡馆落地大玻璃窗洒了进来，刚好掉进了面前这杯冒着热气的咖啡里。

或许每个人都有一个开咖啡店的梦想。王兴春先生在浙江的时间比较多，他跟我们聊起他的理想，合适的机会他也想开一家属于自己的小小咖啡馆。温暖的午后，优雅的环境，一屋子的图书，清澈的音乐，配上咖啡的浓浓香气、醇厚的口感、精美的拉花，让客人不知不觉间陶醉在咖啡味的书香里。而在这个咖啡馆，有一双神奇之手引领人进入醇香味美的咖啡世界，那是咖啡馆的灵魂，也就是常常被人忽视的咖啡师。我说我愿意做你的咖啡师。

选择任何工作其实都是在选择一种生活方式，咖啡师也一样。有时我在想，如果我用三十三年的时间专门研究咖啡，或者说专攻黑咖啡，会不会成为业内小有名气的大师呢?

农村出来的孩子，其实对于咖啡是没有印象的。“醋＋凉白开＋糖精”这是我小时候的“朦胧咖啡”。记得上中学的时候，一位无锡知青做我的老师，夏天时，他总会端上一杯棕色的长长的圆形咖啡杯放在讲台上，一边讲课，一边抽烟，一边喝着“咖啡”。后来才知道他喝的也不是咖啡，喝的是茶，仅仅用的是咖啡杯而已。

我工作后才真正体验到咖啡的滋味。喝咖啡的技巧是跟我的导师、财政所副所长王树河先生学到的。咖啡冲泡好之后，在正式品尝前，王所长总是先闻其香，再观其色泽，然后是小口小口地品啜咖啡，此时他不急于将咖啡喝下，先暂含在口中，让咖啡与唾液及空气稍微混合，同时感受咖啡在口腔中不同部位的感受，再轻轻让咖啡进入胃中。如此结合嗅觉、视觉、味觉的品味与鉴赏，让我也慢慢体会到一杯咖啡的精华所在，享受到咖啡中原有的香、甘、酸、苦四味的均衡口味，尤其是黑咖啡。

有人说黑咖啡太苦了。当然，让黑咖啡不苦的方法有多种，可根据自己的口味适量添加糖，可放奶增加咖啡的香醇，当然奶和糖也可以同时加入。亦或是加少量的食盐，这样就不是黑咖啡了。我喜欢喝不加奶不加糖的黑咖啡。

生活本就是一杯黑咖啡，那一丝苦楚的原味，是每个人一生都无法拭去的一抹幽兰。我跟对面的胡春延先生讲：“黑咖啡如果什么都不加的话会很苦，但这样也能让人尝到它原来的味道。细细品味，回味无穷，所以有些人就是喜欢不加糖、不加奶的原味，醇厚的回味更让他们着迷。”咖啡这个东西，可以说是一人一个喜好和偏爱。黑咖啡是不加任何修饰的咖啡，带来的是品味咖啡的原始感受。

前年，我家里还专门买了一款小型家用咖啡机。我跟他们两个文友开玩笑地说，买的其实是一种情调。每每煮出的咖啡，视觉上看到咖啡上黄褐色的泡沫，总有一种满足感。一杯香醇美味的咖啡，除了甘醇圆润的口感之外，最吸引我之处，莫过于咖啡在冲泡过程中所飘散出来的一种略带神秘感的诱人芳香。

品尝一杯黑咖啡，应该始自冲泡咖啡的那一刻。夜晚的书房，是我最静谧的私人空间，冲一杯香醇的咖啡，当时间一点一点地过去，最初的苦涩味已经悄然消失了，只留下那弥漫在小屋子里的醇香味，那种感觉是那样美好。夜里喝黑咖啡是影响睡眠的，我总想以保护健康为名推开它，但是人都是贱的，事实上我离不开那种沁人心脾的香气和作用于神经上猖狂的黑咖啡。

黑咖啡随着意境心情变化而不断变化。世间的万物有时并不是自己说了算，你想要的并不是你可以得到的，你不想要的也许偏偏粘牢了你，甩不掉。有些东西时不时遇到，时不时发生，时不时出现，时不时需要，但咖啡加不加糖，加不加奶，皆由心境。

我想原汁原味的黑咖啡对于我，就是如此。

梧桐咖啡馆的下午是安静的。黑咖啡,那是我喜欢的“毒药”般的香气，总能让人安定，给人幽香，烦躁也会随之而去。喝完这杯黑咖啡，我不经意间低头一嗅，满身飘逸的都是醇厚的咖啡香气。

“下次还来，真的还要来！”三个文友会心一笑。

素色时光

我喜欢读杨绛先生写的书，里面很多话很有韵味，比如，她说：“生活一半烟火，一半清欢，一半争取幸福，一半随缘人生，一半清醒，一半释然。”生活如同一杯鸡尾酒，调和着热烈的烟火和寂静的清欢。人生这一场花事，有极致的绚烂，满树繁花似锦；有美到奢靡，落花纷飞，明媚亦忧伤，寂静也热烈。

每个人手中都拿着抒写自己人生的一支笔，每个人都在生命里抒写着自己的人生，从童年到青年，从中年到老年，一直在填着这本书中的内容。每个人的生活里都有些许的忧伤和喧嚣，那是因为我们在为梦想而奋斗，为生活而努力。我们总是把人生比喻成一本书，这本书需要自己一页一页去翻看，才能真正看懂看透。别人帮你翻的，或是读给你听的，都没有我们自己翻看得那么印象深刻。内心的成长才是真正的成熟。

一生就是一本书。当我们回忆时去翻看前页，当我们厌倦时，要去翻阅书中的扉页，那里有说明也有备注，都是我们自己写下的记录。年轻时，我们都有一种勇于面对困难的气魄，甚至有点“让暴风雨来得更猛烈些吧”的气势，但是后来我们慢慢懂得了，即使经历了人间风风雨雨，也要淡然处之，把外在的年轻气盛转化为内心的波澜不惊。

在我看来，一个人内心的从容，不只是简单的一种表象，而是滤尽繁华之后的清澈、通透，在洗尽岁月的铅华，在得与失的抉择之间，秉持美好的信念，依然能看到山长水远，初心依旧。人生的书里不仅有文字，也掺杂着些许不同的符号，都在表达着不同的意义、不同的心情、不同的感受、不同的经历。一本好书，精不精彩全在个人，靠的是文笔，也要靠阅历。回想当年，我们曾经如此渴望命运的波澜，翻过几座山，阅过半生之后，才猛然发现，人生最曼妙的风景，竟是内心的淡定和从容。人生在世，哪有那么多的岁月静好，不过是有些人心境好。走过岁月的风风雨雨，踏过人生的沟沟壑壑，我们才明白有些委屈只能独自咽下，有些疼痛唯有自己承受。过去我们是如此期盼外界的认可，现在才知道，世界是自己的，与他人毫无关系。

“何须浅碧深红色，自是花中第一流。”人生可以繁花似锦，也可以素心如简。有时，我们是无法选择人生的逆境和顺境的，但幸运的是，生命真正的喜悦从来只来自灵魂本身，而不是外界。如果我们可以随意撷一枚素色时光，听从心语，与花同醉，随情抒一世淡泊，伴风雅相随，写意云卷云舒，那又是一个什么样的境界？

自在清欢，是生命中最美妙的体验。我想，我们更多的时候不必过多地在意外界的评判和期待，只要在自己的坐标系中找到属于自己的目标和价值。在经历了风雨之后，愈发懂得珍惜每一个美好的瞬间，获得内心深处的满足感，也就足够了。

口袋着火

记得契诃夫写过一篇文章《生活是美好的》，此文是针对那些对人生悲观绝望，甚至想自杀的人的劝告，希望他们能振作起来，用心发现和感受身边的点点快乐。

文章里说：“假如你的口袋不慎着火了，你不要生气，而是应该很高兴地想到，好在是口袋着火了，而不是油库着火了；假如你的手指被刺了一下，你也不应该生气，而是要很高兴地想到，好在是手指被刺，而不是眼睛被刺；假如你的爱人跟别人跑了，你也应该很高兴地想到，好在她（他）只是背叛我，而不是背叛国家。”

契诃夫这幽默笔调着实充满人生智慧。这种对比方式，让人们从中认识到，好在只是出现一个小问题，而不是大灾难，多么幸运啊，继而心态平衡，心情舒畅。思维角度不同，烦恼顿时变成了庆幸和快乐。现代人最需要的就是这种智慧。口袋假如真的不慎着火了，怎么办？

今天是周末，去咖啡馆与朋友茶叙，给他们讲了一个《口袋不慎着火了》的故事。晚上执笔，把故事变成如下文字。

皓月当空的夜晚，云坐在电脑前，凝视着精彩纷呈的屏幕，一种舒适、惬意的情怀，漫过全身。一阵电话声从她耳边飘过，破坏了云平静的心情。

云极不情愿地离开电脑,强压内心的不快,拿起了电话:“喂,你好,你找谁?”对方一阵沉默,随即传来低低的哭声。“怎么啦?你是谁呀?”“我是雪……”依旧还是断断续续的抽泣。云有点儿不知所措,想安慰两句,却又不知事情的原委。只好由她哭吧。也许,痛哭一次,能排遣心中的烦闷与苦涩,释放出无奈与悲伤。“云,我们能聊聊吗?”慢慢地,雪打开了话匣。

雪是云的一位初中同学。雪的丈夫在一个企业负责空压机销售,在外有女人了,开始仅仅怀疑而已,现在得到了证实。丈夫夜不归宿,雪带着七岁的小女儿。现在有两个多月没见面了,那女人还打电话说:“你丈夫在我这里呢,我们相爱一年了。他已经对你没感觉了,我劝你,就跟他离了吧,他爱的是我……”雪还向云讲述了婚前婚后,丈夫的山盟海誓。然而,现在却皆已成空,杳如黄鹤。雪说:“我要杀掉这对狗男女,我也不想活了,他不仁,我不义。”听到这里,深沉的记忆,却把云拉回到自己曾经经历过的情感旋涡。记忆的闸门一旦打开,往事便如江潮一样决堤而来,接着,云慢慢地向雪讲述了自己的一切,雪成了听众。

云原本也有一个幸福美满的家庭,他们从相识、相恋到相知。在初秋的夜晚,在公园的角落,留下他们浪漫的印迹,他们有说不完的情话,道不完的爱恋。有过最原始的冲动,最刻骨铭心的强烈情感。他们义无反顾,无法抗拒。婚后,他们有了可爱的小天使,为了他们的将来更加美好,他毅然辞去公司的销售总监职务，去了海南……

每当夜深人静时，他们就靠电话来传递爱的语言，用短信表达爱的思念。相思来自分别，时间越久越浓烈。这，只不过是云的一厢情愿而已。后来，电话就越来越少，短信也只是成了一种简短的问候，他总是说工作忙。偶尔通一次电话，仅三言两语，很快就挂了。云虽有点儿纳闷，但还是相信他，经常在溶溶月色中，面对高天流云，向星星倾诉自己的满怀心事，也请流星捎去对丈夫的祝福。

然而，农历腊月二十六，丈夫放假回到了家中，见到云，没有先前的那种狂热，一个劲地说："好累。"然后洗漱完毕，吃了一点儿东西，便休息去了。凭直觉，云感到他已经不是当年的他了。一连好几个晚上，他们冷眼相对，没有耳边的呢喃、幸福的絮语，他们成了陌路人。云反省自己，是不是因为自己困于家庭的琐事，在平庸的日子中迷失了自己？云茫然了……尽管这样，云依旧想挽救这个曾经充满欢乐的家庭。在他面前，云一味地顺从他、讨好他，可这些仍无济于事。大年初四，他又乘上了南下的列车。

他这一走，云的心情颓废到了极点，痛苦到了无以复加的地步，云什么都没有了，除了记忆中那些撒落在风里雨里的痛外。云意识到，她们的家庭小巢，已经风雨飘摇，即将倒塌。云恨透了人世间所有的男人。一段时间，云无法摆脱情感给她带来的阴霾，常以泪洗面。

"爱情是人生的一个驿站，它不是人生的全部。人生就是一次旅游，会经历很多跌宕起伏的事，会看到很多美丽的风景。”在一个静静的午夜，在一本书的第162页中，云看到了以上几句话。人必须直面人生，坦然面对自己。云不再抱怨他了，云全身心地投入工作和学习中。经过几年的努力，云的工作业绩脱颖而出，得到了上级组织和领导的好评。云的学历由过去的中专上升到本科。云已经忘记了昨日的伤痛，并拥有了自己的天空。

听云慢慢地述说着，雪不再哭了。此时，雪为云的付出，为云的执着而感动。云不失时机地鼓励雪：“要做生活的强者，尽快从阴影中解脱出来，去干自己喜欢的事，每天给自己一份好心情。”雪说了声“谢谢”便无言了。

一个月以后，雪又打来电话，从声音可以听出，雪已经不那么悲伤难过了。雪说：“我现在天天看书，我有我的博客，有我的社交网络空间，有时间好想写写自己的故事。”“写吧！我能成为你的第一读者吗？”“能！”回答得干脆利落。

外面的阳光依然明媚。

这是一篇小说，还是一个故事，说真的，我不知道。我知道的是，那一年，在咖啡的最西面一个茶座上，我在等我的朋友喝咖啡，巧的是邻座一个气质极好的女士也在等人，也就是在等人的工夫，少妇接了一个电话，邻座的这一头，我非常不情愿地听到一点点她们的故事。就是这两分钟的电话声，我写出了上面的故事。写故事的时候，我还在想，等哪一天再遇到那个女士的时候，一定问一下，故事情节是否巧合？但我相信，此时她早已走出了自己的故事。

天天开开心心，快快乐乐，这是每个现代人都向往的。人生十有八九不如意，更何况是感情生活。特别是现代社会，生活节奏加快，各种压力接踵而来，感情生活难免不如每个人所愿。

其实，生活中有许多美好的东西，只是每个人的心态不一样，才产生不同的体验。比如，当你口渴时，杯子里有半杯水，你也许会想："怎么才半杯水呀？"但你要是换个角度去想，结果就大不相同——"啊，太好了，还给我留了半杯水。"常往好的地方去想，会使我们身心合一，对生活充满希望。

人应该建立乐观愉快的人生观，不管遇到什么事情，把不愉快忘记，把负面的东西清除。其实，几乎所有事情都是两面性的，如果只看消极的一面，心情自然会低落、郁闷。换个角度，从积极的一面看待问题，那会让你走出低谷，你的心情就会阳光灿烂。尽量往好处想，你就会得到快乐。

人生总得经历一些磨难，才能获得幸福，只有经历一些风雨，才能变得坚强。口袋不慎着火了，还是得自己去解决。

万顷波涛拥海来

五月，是草长莺飞、花红柳绿的季节。

一到这个季节，我就想到旅游，想去释放心情，去体验山的灵性、水的韵味、海的胸怀，去感受大自然带来的身心愉悦。

这种出远门的冲动，是长久以来蛰伏于内心深处的，老也按捺不下，像要去见暗恋许久的那个人。

厦门就是我暗恋的“那个人”。

厦门历史悠久，远在三千多年前的新石器时代晚期，即有人类在岛上居住，唐代始有文献记录。唐代天宝年间，闽东、闽南的薛姓、陈姓氏族陆续迁徙入岛，分别在洪武山南北麓聚族而居。厦门的行政建制始于宋代，属泉州府同安县。明洪武二十七年（1394 年）筑城，置卫所，城名“厦门”，意为“大厦之门”，厦门的地名由此而来。

没想到向往已久的厦门之旅，在五月这个季节真的成为现实。

临行前，虽然曾对这座众口皆赞的小城做过无数构想，但踏入城市的一刹那，才知那种凭空的构想是多么地空泛。煦煦日光下，碧海蓝天处，厦门不仅仅是明信片上的南海符号，还有她别具特色的韵味。

走出机场，满眼都是油绿苍翠的南国之木和点缀其间绚烂夺目的三角梅，在这夹道欢迎的两行勃勃生机的翠绿中，厦门给了我最初的印象。

虽已傍晚，可仍按捺不住兴奋，我们同游的三个人都迫不及待地要观赏这雅致小城的美丽夜景。

走在繁华喧闹的商业区，看着那狭长交错的街巷，特色的建筑，熙攘的人群，变幻的霓虹，诱人的小吃，会激活每一个年轻人的兴奋细胞，让你不由自主地欣喜，情不自禁地加快步伐……

深夜，我们选了一个邻海的酒店住下。

站在酒店的阳台上，我们就可以看见一片蓝色的大海。海风吹来，卷起帘幔的一角，那漏出来的一点蔚蓝瞬时将心包容起来。

在厦门期间，我们游玩了鼓浪屿、鹭江、南普陀、厦大、环岛路……每到一处，都让我兴奋不已。想看大海是我心仪已久的夙愿。

其实，真正领略厦门的美是从第二天的鼓浪屿之行开始的。

一上岛，我就被这里自然淳朴的景色震撼住了。这里并没有高楼大厦，有的只是错落有致的二三层小楼。极具欧式风格的一座座老别墅，静静地伫立着，掩映在绿色里。墙上藤蔓攀缘，像把我带回到过去，尽管有些建筑呈现斑驳的外观，驻足细看，花窗、门栅、护栏、廊檐上精雕细刻的图案，却无不体现着典雅、华丽、精致、唯美。

在鼓浪屿，虽没有见到我想象中大海的波涛汹涌，可仍然让我领略到它的雄姿与气魄,望着平静的海面,我们几人“纵身”跳了下去,品味搏击海中的乐趣。沙滩上,对对情侣穿梭其中,有的相拥亲吻,有的开心地喝着椰子汁,有的拿着摄影机,摄下恋人的花样年华,有的在静静欣赏潮涨潮落……在这里,仿佛空气里也滋生着爱情,只要闭上眼睛,就会嗅到那空气中飘浮着的爱的味道。

小岛是静逸的,悠闲的,舒适的,温文尔雅,清新丽质。这种感觉强烈地冲撞着心扉。远远望去,一片苍翠之中错落有致地分布着一座座红砖绿瓦的小楼,周围海水拍岸,偶尔几只白鹭从眼前飞过;岸上繁花锦簇,绿草如茵,上百年的参天大树随处可见,那见证了沧桑历史岁月的枝干一缕缕地蓬蓬分散垂落下来,外面艳阳高照,树下荫凉爽人,偶尔几片阳光的斑驳落在远处,古树映着狭长的青石板小路,会让你在惊叹大自然奇迹的同时,有一种恍若隔世、山水缥缈的感觉,若不是岛上舒缓轻柔的钢琴声提醒着你今夕何夕,吸引着你前进的脚步,不知你的遐思会游向何方。

这是一个占地面积不到2平方千米的小岛,不一会儿就能绕完一周,可所到之处,都能强烈地吸引我的视线。无论是那开屏迎接你的只只孔雀、茂盛的椰树、钢琴博物馆陈列的架架珍宝,还是那蓝天白云下的水天一色、壮观的海沧大桥和若隐若现的金门岛,或是岸边整洁美丽的小路、特色的章鱼雕塑、当地人们的惬意……鼓浪屿的美,鼓浪屿的纯,唯有细品,才能感知。

鼓浪屿的美是厦门最具代表性的美。我和同伴开玩笑说，如果说中国是一位美丽的女子，那么厦门就是她手腕上晶莹的手镯，而鼓浪屿则是手镯上最珍贵的一颗钻石。这是一个蹩脚的比喻，因为任何的比喻、任何的文字，在鼓浪屿的面前都会显得苍白和单薄。700米的鹭江把鼓浪屿和厦门本岛隔开，大自然亲手制造了这样一个“世外桃源”。

在厦门，最大的体会是悠闲。快节奏的生活一下子放慢了节拍，连呼吸也跟着悄然放缓，那份浪漫无处不在。如果说广州的生活是激情飞扬的话,那么,厦门一定是那曲悠扬的华尔兹。

厦门，就像一个羞涩的大家闺秀，她的特色是一点点呈现出来的。

我们来到香火旺盛的南普陀寺。这里汇聚了来自全国各地的旅客，来来往往，密密匝匝，人头攒动，鞭炮声不绝于耳，还未下车就闻到了香火的气味。

南普陀进寺才需买门票，寺外的荷花池、放生池等都可免费观赏，不失为休闲好去处。不少厦门人在里面摆上功夫茶消磨时间，旅游者也可以在荷花池和佛塔前拍照留念。而我们就直奔放生池，胡子鱼大得吓人，吃面包不能叫吃，应该叫“铲”，嘴巴像簸箕般一开一合就吞下去了。要不是我见识过杭州植物园的大鱼，估计也要像其他游客一样大喊大叫。

南普陀寺是厦门最大的古寺院，更是八闽首屈一指的重点寺院。在当地人的眼里，这里的菩萨是最灵验的，因此前来上香、参拜、祈愿的善男信女络绎不绝。寺内还有著名的南普陀素菜可供品尝。

从寺院出来后，我们又经过了很多刻着经文的大石头。其中最醒目的就是一个硕大的镶金“佛”字，只有在这里上过香拜过佛，才算功德圆满。之后，我们沿途向上攀登就到了五老峰。从山顶俯瞰厦门大学校景和厦门岛，风光娟秀、山海映趣，一派南园风光。翻过五老峰就是万石植物园，园中培育有 4000 多种名贵的花卉和珍稀植物，因而有“绿色博物馆”之美誉。

厦门临海，这是上天赐予厦门人的财富。如果说当你踏上鼓浪屿，拜过普陀，翻过五老峰，感到的是一种舒柔、怡人的美，那么当你走在环岛路上时感受的则是一种壮阔的美。

20 多千米长的环岛路沿海而建，跑在枣红色的人行道上，只见沿路紫红色的三角梅开得正艳，十分养眼，绿草茵茵，沙滩连绵，构成了一条美丽的海滨走廊，让你的心情越来越好。有很多人在放风筝，蓝天碧水间飘舞着许多彩色的风筝，耳旁飘来大人和小孩的欢声笑语。身边不时掠过一群群快乐的年轻人，他们骑着双人或三人自行车，朝气蓬勃，飞驰而去，把欢快的笑声抛在了身后。看着他们渐行渐远，一丝微笑浮上了我的嘴角，生活中的每一分钟，只要有快乐，那是多么美好呀！

“一城山色半城花，万顷波涛拥海来。”

在这里看到的大海要比在鼓浪屿看到的漂亮得多。凭栏眺望，水天一色，苍茫无际，大海中一叶扁舟，伴着海风轻摆，海水涌动，波澜壮阔。这里的大海才是我心所向。海水湛蓝湛蓝的，一浪高过一浪，不停地拍打着沙滩，漫穿过岩石，浪尖上溅起的白色泡沫，不时向我们脚下袭卷过来。我们饶有兴致地在沙滩上拾海螺、捡贝壳。望着波涛汹涌的大海，我的心也抑制不住随着大海一起澎湃，一起激荡。平日里夫妻争吵，小孩顽皮，工作中的无奈，此时已荡然无存。我不禁叩问自己，大海为什么有如此博大的胸怀？而我们为什么不能像大海一样敞开胸襟，去善待身边的人和事？为什么遇到不顺心的事不能坦然面对？生命对于人而言，又是何其短暂。为什么不在有限的生命历程中，去珍惜生命，去活出人生辉煌，去书写好自己最动人的一页？

沿着沙滩，任由海水嬉戏我的双脚，那一刻，无论多么浮躁的心都会变得安详，生活的烦恼、工作的压力都不复存在，有的只是海阔天空，与海相依，心情豁朗。

“宠辱不惊，闲看庭前花开花落；去留无意，漫随天外云卷云舒。”此时我才真正明白它的深刻含义。人生中有诸多的无奈与无助，生活中的人们，都要品尝酸甜苦辣，经历雨雪风霜，才能称为百味人生。

短短四天的厦门之行，所到、所见之处，远非语言可以描述，她的美韵需要用心去体味，用记忆去铭刻。

在丁蜀喝茶

明代户部郎中卞荣，曾有诗曰：“阳羡谁为镇，东南第一峰。”站在这“第一峰”的峰顶之上，繁华吴越尽收眼底，太湖美景一览无余。

这里说的“第一峰”就是名闻天下的大潮山。大潮山就在丁蜀。

丁蜀是宜兴辖下的一个古镇。二十年前，我与她擦肩而过；十年前，我来这里做了一次客；这一年的 2 月 3 日，我又一次来到丁蜀，与在这里发展有成的乡贤王琪先生见了面、喝了茶。

丁蜀把每一个外来人才都当作她的家人。为一把紫砂壶，有人不远千里来求学；为一口茶，有人特意来寻一处雅居，端一杯宜兴红，于夜幕下，来听风、见雨，和友人细诉过往。王琪先生曾经是她的过客，十年了，他已成为丁蜀的“居家主人”。

从宁杭公路擦丁蜀镇西端而过时，公路两旁出现鳞次栉比、连绵不绝的个体陶器店，极其浓郁的“陶都”形象跃入眼帘。在繁华的陶都路一侧，壶艺泰斗顾景舟先生故里——紫砂村对面，有一座以宜兴古龙窑外型打造的陶里文化广场。王琪先生的陶文化展示中心就在“陶里”大门左手的第一间。

我早就知晓，丁蜀是一个有着历史文化和风景名胜的陶都，也是紫砂文化的发源地。红火的古龙窑，是明代至今保存最为完整的传统柴窑，从窑中浴火出生的紫砂为这块风水宝地带来更火红的时代。这是一个盛名天下的陶宝圣地，经过千年岁月打磨的古镇，令许多人心生向往。

王琪先生一边忙着展示茶艺，一边向我介绍陶瓷的文化与特色。“三步一个窑货铺，五步一爿陶器店，一间间橱窗陈列着陶瓷艺术的珍品。商店的字号是陶土烧的，工厂的大门是琉璃砌的，蟠龙的路灯电杆是彩陶装饰的，连放在路边的果壳箱，也是一个个别具匠心的陶塑。”王琪先生借用丁蜀的文化名人的话向我推介他心目中的“陶都”。

“我只是不经意间的匆匆一瞥，但就是这一眼，就爱上了这个地方和这个地方的人。”我一听就明白，他是在夸这个地方的人也好，当然包括他的太太。

丁蜀历史积淀深厚，许多雅风古韵、民情俗趣等都在小镇中展现，陶文化已经成为一道丰富多彩的人文景观。丁蜀地名，宛如一本深邃之书，让人阅之不尽。

“丁蜀”由丁山和蜀山组成。丁山、蜀山有什么来历呢？我充满了好奇。

丁山，本为“鼎山”。在青龙山和黄龙山旁边还有一座乌龟山，三山鼎立，人们便把当地称为“鼎山”，为了简化，便写作“丁山”。而蜀山，实名“獨山”。民间传说，宋代文学家苏东坡曾到宜兴，登獨山观赏湖光山色，引发思乡之情，好像回到了自己的家乡四川眉山，便信口叹道：“此山似蜀。”人们为怀念苏东坡，便将獨山改称“蜀山”。后来，苏东坡在此买田，建有“东坡草堂”，也就是现在的东坡书院。

原来，苏东坡才是第一批柔性引进阳羡的“外籍优秀人才”。

王琪先生是苏北人，太太是他的大学同学，结婚后随太太“凤还巢”，来到丁蜀创新创业。在这里，他做工厂、订外贸、开门市、交朋友，生意做得红红火火；在这里，他住的是陶屋，用的是陶器，走的是陶径，连他的话音也带有陶都特有的一种韵味。于他而言，在丁蜀，喝茶、聚会、畅谈……俯仰之间便可以忘却尘世的喧嚣，感受人生的辽阔。

这些年来，王琪先生和其他年轻人一样沉醉于陶文化研究，经常与艺术家、爱茶人、紫砂爱好者往来交流，外贸也让他与世界沟通的渠道变得日益多元。这些新丁蜀人的出现，为这座古镇的不断更新，焕发了新的生命力。

商贾贸易鏖市，山村宛然都会。我知道，曾经的丁蜀，创造了“窑火生生不息、陶业代代相传”的辉煌；如今的丁蜀，正以自信的姿态迎接每一个外来人才，向世界讲述中国陶都的人才故事。

“生活不止眼前的苟且，还有诗和远方。”这勾起了我对诗意生活的向往。在快节奏的今天，生活似乎只有不停奔波忙碌的苟且，哪里还有闲情逸致去追求所谓的诗和远方？

然而，与王琪先生的一番茶叙，却让我感受到丁蜀小镇的创业人才，能在纷扰的世界中以普通的一只壶、一杯茶，享受着人间美好的“四月天”。

来陶都创业，一定有很多不易。但王琪先生脸上却洋溢着微笑，那微笑是自然的流露。他只是来丁蜀安居乐业的一分子。丁蜀作为江南一个古镇，能用她自有的魅力留住外来人才，让人才把自己眼前的生活过得不慌不忙、有滋有味，自有她成功的道理。

丁蜀，有魅力。她是一个让人久久回味，来了就想留下的好地方！

在心里种上花

当心中播撒了花的种子，便会发现，生活中的每一瞬每一景，都如诗如画，如梦如幻。

“很多时候，心态对了，事情也就无所谓对错之分，因为善良和宽容会让你的格局瞬间变大，不落俗套，人生的境界也因此得以升华，而这时候你会发现，一切都变得如此简单。”陈刚先生与我聊到心态，道出了他的观点。

物随心转，境由心造，烦恼皆由心生。是的，这个世界上，任何一件事都是暂时的，有日出就有日落，有花开就有花谢，有新生就有消亡。不能只为日出、花开和新生而快乐；你也不能只为日落、花谢与消亡而难过。

陈刚先生是从部队转业回来的，经历过大风大浪，有自己独特的人生哲学。

那天下午，我们坐在一起，聊起这样一个故事：有位母亲，生了两个儿子，大儿子是卖盐的，二儿子是卖雨伞的。下雨天妈妈担心盐会受潮，卖不出去，晴天又担心雨伞卖不出去。如此，无论是晴天还是下雨天，她都愁眉苦脸，没有开心的时候。

一天，她遇到一个邻居，便向邻居诉说了自己的苦衷。邻居听罢，笑着说：“你为何不换一种心态来看这件事呢？下雨了，你二儿子的雨伞就可以多卖了；天晴了，你大儿子的盐又可以多卖了。”听罢此言，这位母亲终于露出了笑容。

其实，生活中的许多事，又何尝不是如此？我们常常因为过于执着于一端，而忽视了另一端的美好。而真正的智慧，便是学会从不同的角度看待问题，用积极的心态去面对生活中的种种挑战。

为什么有些人就是比其他的人更成功，赚得更多的钱，从事不错的工作，经营着良好的人际关系，拥有健康的身体，整天快快乐乐地过着高品质的生活？似乎他们的日子就是比别人过得好，而许多人忙忙碌碌地劳作却只能勉强维持生计。

其实，人与人之间并没有多大的区别，但为什么有人能够获得成功，能够克服万难去建功立业，有些人却不行？不少心理学专家发现，这个秘密就是人的“心态”。

影响你人生的绝不仅仅是环境，心态控制了个人的行动和思想。你的心态，就是你真正的主人。同时，心态也决定了你自己的视野、事业和成就。我把发生在某上市公司里的一个真实的案例，分享给陈刚先生。

1990 年，一位毕业于北京某名牌大学的小伙子，到某上市公司求职。50 多岁的老总看完简历后，面无表情地说：“你去锅炉车间拉板车吧。”小伙子懵了，想着自己好歹是名牌大学毕业的，去生产车间干脏活，太大材小用了。

老总看出了他的心思，丢下一句“不做就走”，转身把简历扔进垃圾桶。换作其他人早已拍桌离去了，但小伙子却在半分钟内决定留下来。他被安排到垂直炉车间，每天用一辆板车，把废弃玻璃从车间拉到玻璃堆里倒掉。一车玻璃有一两吨重，对于瘦弱的他来说，这是一件苦差事，但他却从未抱怨。因为不爱说话，别人做错事就往他身上推，他也从不辩解。就这样，他在公司足足当了七年的板车工。

七年后，老总找他去办公室谈话，问了他三个问题：“为什么受那么多气，也不辩解？一个名牌大学毕业生到车间去做事，也不觉得委屈？为什么没想到离开？”

小伙子说，委屈多少会有，但他会自己调整心态。他是这样看待这七年的“打杂”工作的：“第一点，人这辈子不吃点儿苦，怎么打好基础，现在的挫折是为了将来的成功。第二点，只有努力地去做这些小事，才有可能了解这个公司，才会和这个公司有亲和力。”

之后，小伙子凭借努力获得了老总的赏识，做到集团副总裁的位置。

有些人总喜欢说，他们现在的境况是别人造成的，常说他们的想法无法改变。其实，说到底，关键在于你如何看待人生、把握人生。

心里种上花，触目皆是花开，处处皆闻花香。因为心态这个话题，大家聊得很开心。陈刚先生跟我说，他身边有两位年过 80 岁的老爷子。一位认为到了这个年纪已将近人生的尽头，于是便开始安排后事；另一位却认为一个人能做什么事跟年龄的大小无关，而在于有自己的想法。于是，他从零开始，学习登山。居然以此高龄攀登了许多山,其中几座还是国内有名的高山。就在最近，这位老爷子以 90 岁高龄登上了海拔 1810 米的黄山最为险峻的天都峰。

80 岁开始学习登山，也是一个奇迹。但奇迹是人创造出来的。成功人士的首要标志，是他思考问题的方法。一个人如果是个积极思维者，实行积极思维，喜欢接受挑战和应对麻烦事，那他就成功了一半。

一个人能否成功，就看他的态度了。成功人士始终用积极的思考、乐观的精神和丰富的经验把控自己的人生。失败者则刚好相反，他们的人生是受过去的种种失败与疑虑所引导和支配的。

作家毕淑敏说：“一个人只有将全部身心安置在最好状态，才能将自己变成一缕柔软的棉纱，与千疮百孔、千回百转的世界温暖相拥，织就精彩绚丽的人生。”陈刚先生认同这个观点，我也觉得很有道理。

人这一生，说到底就是在好的心态下，做最好的自己。

那枣不熟却很“甜”

那年初秋，天朗气清，惠风和畅。我与学尹、顺龙，还有维民、耀文几个球友，选择一个周末，赴北京参加一场全国的乒乓球比赛。

途经山东的一个服务区加油时，前面排着长长的车队，车水马龙，首尾相继。我们的车子只能逶迤徐徐。时逢中午，我坐在副驾驶座，昏昏欲睡。突然有人从车外敲窗，兼职司机维民按下车窗玻璃问：“请问，干吗啊？”

原来，一位七十多岁的老农，肩上背着一个袋子，手里举着一小袋冬枣，讪讪地问：“师傅，买冬枣吗？可甜了。”维民不耐烦地说：“不买，你们这枣都是捂熟的，根本不甜！”边说边要升起车窗玻璃。

车外，这位满脸皱纹、一头白发的老农正猫着腰对着窗户说着什么，一脸恳切，神情祈盼。

后座的学尹按下玻璃，问：“怎么卖呀？”老农喜笑颜开：“十块钱一袋。”学尹递过去三十块钱，老农抖抖索索地从布袋里拿出三袋冬枣递进车来。

我们继续赶路。

同行的耀文埋怨：“学尹，你不知道，现在还不是冬枣成熟的季节，看着红，其实都是他们捂的，一点也不甜，我上过当。”

学尹笑呵呵地说：“嗯嗯，没事，吃不吃无所谓，他那么大年纪了，在户外低声下气做个小买卖不容易，咱们就当做善事吧，三十块钱也买不了什么！”一车的人都不再说话。

我见过学尹在工作中杀伐决断的一面，也见过他慈悲柔软的一面。

年过半百的学尹一生走南闯北，遇过很多人，很多事，在泥泞里挣扎过，在好运中欢笑过，阅历丰富，他怎会不知道那枣不甜，只是愿意给予那份善意罢了。

学尹的老友廖原，曾经给我讲过学尹身上发生的一件事。

十多年前，学尹出差。一辆私家车逆向行驶，与学尹的车相撞。违规车撞得报废了，驾驶员严重受伤，学尹毫发无损。在这种紧急情况下，他主动报警，拨打120，联系保险公司，安排人员照顾受伤驾驶员。

在医院，驾驶员感激地对看望他的学尹说：“我逆向行驶，是造孽啊！要不是大哥的及时帮助，可能就没有这个命了！也不知道这算不算奇迹，如果算，我宁可相信《道德经》里那句话，‘天道无亲，常与善人’。”

我认识很多成功的人士，他们几乎都有一个共同的特点——善良。

一次，我路过学尹的公司，顺便去看看他。恰巧他不在，我就在他办公室等候。他的助理给我倒了一杯茶，与我一同拉起家常来。

我问他在这干了几年了，他说有十六年了，是学校毕业后的第一份工作，也应该是最后一份。

看我一脸疑惑，他解释道："我们老板人特别好，我愿意跟着他干一辈子。"

助理说："我们老板连续多年都默默资助贵州山区几个贫困的大学生，从不张扬。他帮助过很多有困难的人，里面也有他的员工。但他做过的好事，自己都绝口不提，很少有人知道。"他不仅资助贫困山区的孩子，还默默资助大丰义工联组织的活动，几乎每年的年会都有他的身影。

助理一脸的敬仰："我们是做油品类的公司，竞争很激烈，很多同行都越干越小，我们的产值利润却每年都递增，公司一直稳稳当当地壮大。"

萧伯纳说过：善良与品德兼备，犹如宝石之于金属，两者互为衬托，益增光彩。我的朋友学尹人好心善，他的员工愿意跟着这样的老板用心干，自然能生产出好的产品，销售也会好。这是个良性循环，其实很正常。当然，做好事并非一定要花费金钱和时间，有时，一个善意的微笑，也会换来意外的惊喜。

助理还给我讲述了学尹的另外一件事。三十年前，单位招来一个食堂的临时工老王，四十七八岁吧，因为智力有问题，托了人情才找了这份临时的工作。

平时，工作上他们没有交集，偶尔遇到，学尹会主动对老王点头微笑，说一声："辛苦了！"老王也会腼腆地笑笑。

有一次，学尹主动和老王打招呼，被助理看到，他觉得奇怪，问老板："你怎么还主动和他打招呼呀？"学尹明白助理的意思，和一个临时工大可不必如此客气，应该把这份热情留给"有用"的人。而学尹，至今也没学会那份世俗。

一个周末，学尹和朋友骑单车去乡下踏青。车胎被扎破了，他们只好推着单车步行，心情坏到了极点。

食堂的临时工老王，家住在城郊，那天他上中班，正好路过。他跳下车，手脚麻利地从包里拿出工具，帮学尹的单车补胎。

学尹问他怎么还随身带着这些工具啊，他说，这条路上经常有乱七八糟的东西会扎轮胎，他就有意备着，以防不测。他低头给学尹补轮胎，脸上的汗珠一滴滴淌了下来。那一刻，老王在学尹眼里的形象一下子就高大了起来，临时工也是个"活雷锋"啊！

后来，学尹说，他暗暗为自己的那个微笑庆幸，如果他每次见了临时工都不理，或许他看到我也会假装看不到了吧？

上天的眷顾，只去祈求是求不来的，而需通过内在不断地修行。古语说，吉人自有天相。所谓吉人，就是善良的人；所谓天，就是你的环境和你身边的人；所谓相，就是相助和护佑。想要有好运，首先要心存善念，做一个好人。

赠人玫瑰之手，经久犹有余香。心向善，是一场互动。你善人，最终受益的都是自己，那是你修来的福气，也是上天给予你最好的奖励。

第四辑

我一直在这里

我一直在这里

小城，没有那种热闹与喧嚣。她很安静，人们安居乐业。

这是一座静谧的小城，位于南黄海潮间带的西岸，承载着世界级别的自然与人文双重遗产。临海而居的她，久负盛名，被很多人知晓和惦记，令很多人时时放在心上。

小城天蓝水秀、鸟语花香，城里城外人来人往，乐享属于她的那份朴素、闲适与怡然，还有她的豁达、深情与厚爱。

花里书香构筑了小城的精神风骨，大气包容根植于每个人的内心深处，时时处处都给人以亲切美好的温馨。小城的景色惊艳，可以让人放空自己，拥抱自然，远离尘世，洗尽铅华。

生态文明与现代意识交相辉映。忙碌一天后的夜晚，换一种方式，细细地、静静地品味，用心去感受她的恩赐，无法言语的美，甜蜜地滋润在心田。幸福在这里显得有色彩、有声音、有味道。

一座小城之所以为世人所知，并非一夜成名，而是缘于千百年来的历史沉淀，在文化“浸润”中拥抱“星辰大海”。

伴随着日月江河，汩汩流淌，小城依旧静静地伫立在那里，养育着一方勤劳、聪明、善良的百姓。不为名利所改变，不为外界所烦扰，这正是这座小城的魅力。

坐在岁月静好的时光里，她很想对你说：“欢迎你来，我一直在这里！”

她，就是大丰，我心中的小城！

秋色如春

迈进十月，桂花香，菊花黄，常绿草木惹人醉。春夏代序后的秋色，恬静、优美、成熟，犹如一位洗尽铅华的绝代佳人，在秋风起、白云飞、雁南归的岁月画卷里风韵天成。

在这样的季节里，想起姑苏城外温润如玉的江南之秋，想起九曲黄河雄浑壮观的北方之秋，想起塞纳河畔色彩斑斓的异域之秋，这让我格外留意起机关大院里别样的秋。

清晨，从大院东北角的停车场步行到办公大楼，举目处皆是一排排整齐劲秀、英姿勃勃的香樟树，高大遒劲，球形的树冠浓密青翠，厚重之中弥散着踏实与睿智、雄伟与端庄，每一株都携有视觉冲击力。

抬头仰望，一缕阳光从树顶倾洒下来，穿过重重叠叠的树叶，只留下星星点点的光斑。樟树叶像涂了一层蜡似的，油光发亮。每当微风吹过，叶子似乐器一样发出沙沙沙的声音，十分悦耳。

在办公室坐久了，偶尔会站起来远眺窗外，郁郁葱葱的香樟树绿叶又映入眼帘。

大院里有两片树林。一片是芬芳馥郁的香樟树林，另一片是精工巧丽的桂花树林，而那四分等距的桂花树正好在香樟树林的内庭。

傍晚时分，随下班的人流走出大楼，倏忽一股桂花香扑鼻而来，让人有些猝不及防，来得出其不意，却又令人心生欢喜。

这香气，沁人心脾，使人神清气爽，精神焕发。

桂花树像驻守在大院的卫士，守护着整个大家园。你在与不在，你来还是不来，它们都静静地守候在那里，幽幽地散发出花香。

桂花树的高度稍逊于香樟树，灰白色的主干有海碗口一般粗，树皮粗糙，枝叶盛茂，形似天然的大绿伞。桂花以一种低调的奢华诠释着年华与成长，散发着生命清雅的美，蕴藏着生活醇香的烟火。

平时人们很少在意桂花，唯在花满枝头泼洒醇香之时，才有人关注，评头论足；也有人嗅香，吐故纳新。我呢，更愿意用文字对桂花的香气做一番秋日私语。

时光深处，流年陌上。每每中午，漫步在大院两旁皆是树木的小路上，满眼都是绿色。在大院子的路边上，还有不太惹人注意的大叶黄杨，因为它们姿态太普通，总让人遗忘。

大叶黄杨虽其貌不扬，但它适应能力强，耐寒、耐旱、耐阴、耐修剪。我观察过大叶黄杨的花，有淡绿色，有白色，很小，还会结果子。果子最初时是绿色，成熟时会变红，深秋时皮又裂开，煞是可爱。只是作为绿化带的装饰树，很多大叶黄杨被修剪得太勤,很少见到果子了。但大叶黄杨那高冷的墨绿色，给大院增添了不少生机，比起那些娇嫩的花朵，我倒觉得它们有着与众不同的高贵。大院里那一片片绿色的小草是最不引人注意的。不少人喜爱秋天的果实累累，喜欢秋日暖阳，我却独爱那最微不足道的小草。大院里还有多个小园子，小园子里的绿草默默地趴在地上，显得单薄而渺小。

这小小的绿草，它不像牡丹那样娇艳，不像百合那样高贵，也不像红梅那样孤傲，它只是花花世界中微不足道的一员，但它强大到可以在阳光、空气和一点水的作用下到处生根。

云天展秋色，草叶动绿声。休息日的午后，我喜欢走入它们中间，蹲下身子抚摸着它们，用目光亲吻着它们的叶面，用心和它们对话，常常浮想联翩。

有谁注意到它们无意争奇斗艳，却点缀众芳，甘为群艳做陪衬的气度？又有谁注意到它们不羡芳香，不争不抢这等可贵的精神？“疾风知劲草”，小草任凭狂风暴雨，从不畏惧，而以顽强不屈和向上挺进的品质增添一方绿意。这种坚韧不拔的精神和生命力，令人敬佩。

我喜欢秋天，喜欢家乡的秋天，更偏爱我们大院里的那一片秋绿。因为这个时节的绿，葱茏、成熟、昂扬向上，有着无限的精神之气。

四季更替，世间万物各司天命。他们和这大院里的树木、花草一样，无论高低贵贱，即便在这深秋里，也努力地活出春的底色。

今夜没有月亮

丹桂飘香又中秋。

下午和南京朋友梁雪波先生电话聊天，他说：“中秋祝贺的问候，一个接着一个，多数是大同小异，你很有意思，总是与多数人不一样。也正如你写的小品文，也与其他人不一样，人家是为了什么写什么，目的性很强，而你是想什么写什么，笔随心流，如溪水慢慢流淌，不急不缓。”

“人到中年，不急不缓才是最好的状态。这样不好吗？李白、杜甫、王维、孟浩然他们各有各的不一样，那是不一样的烟火，您是诗人，您懂的。雪波先生，如果今夜没有月亮，我会第一时间写出来，献给您，作为中秋的礼物，您接受吗？”我与梁先生玩笑地说。

“当然，当然！”

傍晚时分，苏北的一场秋雨，淅淅沥沥，连绵不绝，像一个害羞的小姑娘，悄悄地到来了。这一场秋雨，洗净了白天的微燥和喧嚣，让整个小城都变得宁静而澄澈。就在这秋雨滴答之中，仿佛听到我的心在秋风中独自低吟——今夜没有月亮。

雨天，汽车在路上行驶，这是一种心与雨的体验。家人团聚，共进晚餐后，我在蒙蒙细雨中开着我的车，放着最爱的音乐，行驶在无人的五一大道上，一天的疲惫都迎风散去。雨水打在车窗上，敲出清脆的声响，车轮飞溅起的水花在空气中飞舞，让我感到一种别样的美妙。

下雨天的回忆总是满满的，特别是一个人开车的时候。城里的月光，把梦照亮，中秋之夜真的没有月亮了？看了腕表上的时间——19：46。对了，没有中秋月亮，可以欣赏中秋晚会。车子到了下一个路口，转弯回家。家，才是中秋最浓情的字。

一年中秋夜，万家团圆时。回到家中，一边饮茶，一边观看中央电视台 2023 年中秋晚会，让我领略到秋晚舞台的诗情画意，感受团圆佳节的脉脉温情。有几个节目特别令我惊艳：檀健次的唱跳舞台，又是唱跳，又是粤语歌，感觉顿时氛围就轻松活泼起来；再听莫文蔚和李荣浩一起唱《慢慢喜欢你》，莫文蔚的声音出来的时候太有感觉了；杨幂，还是那样美；周深，“莫听穿林打叶声，一蓑烟雨任平生”，声音让人愉悦……

淡然垂眸，温婉优雅。今年中秋晚会首次落户四川宜宾，这里是气势磅礴的三江交汇之地，这里有碧波万顷的蜀南竹海，也有诗酒飘香的历史传承，诗、酒、月、水、竹背后有何深意？在“天涯共此时”的温馨氛围中，让全球华人共寄团圆之思，共念家国深情，应该才是这台晚会的初衷。

夜已深，我轻轻打开阳台的窗户。雨已停，但没有月亮。没有月光的夜，我让凉爽的风自由出入，并深吸了一口从窗外探入的清新空气，闻着好似青草与树叶散发的青青的味道，尽情享受着大自然的恩赐。

一个人静静地坐在窗前，任思绪飞扬。我闭上眼，脑海里浮现的是南京诗人梁先生的身影，想象着此刻的他，早已进入了甜蜜的梦乡。此时，在没有月亮的中秋，我好想写一段文字给自己，也送给远方的朋友。然而，纵有千言万语却不知从何写起，唯有任纷乱的思绪缠绕着我。

突然，我想到一篇散文《今晚，没有月亮》，文字好美。不知从什么时候，我也开始喜欢上了黑夜。

我知道，有许多奇怪的事情和想法，只会在看不见的夜里涌现出来。于是，我相信，世上寻不着的事物，一定是埋葬在这神妙的黑夜里。

许多美好的回忆，即便那儿已经变成了远方，但是，在夜里依然有磨灭不去的印记，心底有那说不完的故事，只要那些发生故事的地方还在，关于那儿的回忆就会永远在那里停留等待。

此刻，我的手机收到一条短信："新东节日好！今晚接待吴院长，我替你敬了一杯酒。"

远方的一杯酒，是多么深的一份情一份义啊！对方是我一生很敬重的老首长，是一个有信仰的人。

我立即回复："社会上做事的人可以分为四类：对事认真，对人认真的人；对事认真，对人不认真的人；对事不认真，对人不认真的人；对事不认真，对人认真的人。您当属第一类，一直是我学习的标杆。信仰是可以传承的，我们努力传承您做人做事的风格，为人诚恳不失初心，灵活处事厚结人缘。也即，水无常形，顺势而为，为而不争，方达所愿。”

生活本身就摆在那里，它呈现出什么样，完全取决于自己的心态。没有月亮的夜晚，一切似乎和往常一样，平淡无奇，但也会妙笔生花。

月亮有阴晴圆缺，人生也像月亮一样不会永远完美无瑕。皓月当空，如同信仰照亮人生，然而，今夜没有月亮，那没有信仰的生活还是多姿多彩的吗?

信仰，对于有些人来说，是一个好陌生的名词，似乎从来都感受不到它的存在。而今夜，在这个没有月亮的夜晚，我已体会到它的存在。

今晚没有月亮可拍，有点儿遗憾，但只要心中有月光，就可以穿透黑暗，感受“千里共婵娟，天涯共此时”的浓浓情感。

夜，还是那么清静，人，却静不下心来。我想，太阳的光永远撕不开孤寂的夜幕，我期盼有月的夜晚，特别是中秋之夜。因为，我冀望一轮“明月”照彻前方的路。

闲踏梧桐黄叶行

秋庭不扫携藤杖，闲踏梧桐黄叶行。尖锐的蝉鸣声已渐渐消逝，秋天向我们缓缓走来。秋色中的大丰，格外美丽。

我走出小区，散步于五一公园，放眼远方，一叶红枫，摇曳于枝杈，微风拂过，悠悠然盘旋而下，几番曼舞过后，跌落于树根上面的那方草坪，落叶从此归根。

我在观赏一片落叶从树枝间终然脱离，随风而下，落叶却无暇顾及我这个观景人的感受。它默默地，默默地，专注于一片叶子对大地的深情，温情于对根的思念。此时，站在一旁的我，更能感受到，落叶知秋。

路边，偶遇朋友单钊琐先生，闲聊几句，天南地北，又说到秋叶、秋花与秋闲。他理想中的秋日，是于忙碌之中抽点空隙，摊点闲时，去踏一踏黄叶地，去会一会碧云天，去看一看梧桐凝露秋向晚，去品一品菊酒香浓的百果茶，去和温暖的人在一起，慢慢变老，把秋的景致细细享受。

这是多么诗情画意，又是多么令人羡慕。

其实，我们每个人都有机会在温柔的秋光中邂逅美好，都可以在生活的琐碎中拥有闲情，都能活出独属于自己的极致浪漫。如能像单先生这般，当然是最理想不过的。

单先生跟我说，生活在大丰这个小城，很安静，很安逸。大丰的秋色很美，在这个百合花盛开的季节，快邀请你的好朋友来荷兰花海赏花，来港口听海，来麋鹿保护区观鹿。

谢谢单先生的友情提醒。前些日子，我有机会陪客人专程去荷兰花海享受了一次“百合盛宴”。50多种不同色彩的百合花，是秋季花海最丰富、最抢眼、最绚丽的主角。远远望去，亭亭玉立，犹如一幅幅油画。随风摇曳时，又给大丰这个小城多添了一份俊俏瑰丽的风情。

是的，秋与花的相伴才最有意思，平仄的光阴，如一首诗，似一曲相思；浓淡的时光，我觉得不只是单先生心中的一季风景，更是每一个大丰人梦想中的一幅诗意的画卷。

让大丰走向世界，让世界了解大丰。明天，我一定邀请好朋友，一起奔赴花海，与秋中百合，赴一场说来就来的约会。

元宵“火把”红

杨永兴先生既是我的朋友，又是我的人生导师。今日元宵节，一大早，与杨老师互致短信祝贺。

我的一篇《“喊好”声中过了年》，唤起了杨老师童年的记忆。两个人一起回忆起小时候的元宵节，都感慨万千，但时光一逝永不回了。

元宵节也是节。儿时的元宵节，对于我来说，最快乐的是跟在大人后面舞火把，人们成群结队，高举火把在田头或晒谷场跳舞。

那个年代，每逢正月半的下午，农村的家家户户就用芦苇、麦秸秆、树枝或者茅草，扎成碗口粗、几尺长的大草把，少的一个，多的三四个。等到太阳一下山就把草把点起来，再捧着火把，挨着田岸上一边跑一边喊：“正月半、二月半，家家人家放烧火，噢……”“人家的棉花收到一盘篮，我家的棉花收了一堆栈，噢……”“我家的菜上了街，人家的菜才在栽，噢……”语言诙谐风趣，比喻生动形象，虽说是抬高了自己贬低了别人，但都是玩笑话，大家看重的，是要比哪家的火把亮、烧的时候长，比哪个的声音喊得高，比哪个跑得快。

现在大家庆祝元宵节的方式简单了，通常是制作各色各样的灯笼或者干脆从超市里买几个，悬挂起来，每个灯笼下面贴上带有灯谜的纸条，供家人朋友竞猜，猜中有彩。

杨老师也回忆说，记得童年时的元宵节，尽管乡下没有灯火璀璨,更不可能有条件观灯赏花赶晚集。但他们有别样的欣喜。那时的今天，杨老师会一早起来，早早筹划在稻草紧张的家境下，怎样向父母申请到多一些稻草，准备晚上用稻草做成火把到自家的田地里兜火把。一到晚上小朋友看到田地里已经出现火把时，心情着急又激动，连晚饭都顾不上吃，生怕太迟了好运被人家抢走。这时，他拿着提前准备好的稻草捆扎好，中间插一小竹子当成把手，来到自家的田里，点燃火把，开始在田地里奔跑，边跑边喊“人家田里百草，我家田里大稻，三石一亩我家来（120 斤 / 石，能达到 360 斤 / 亩的水稻收成是那时理想中的高亩产）”！一个火把燃尽了，又点燃另一个，听长辈说，这样就可以把自家的田里烧得红红火火，而且会把病虫害烧死，今年就有个好收成。就这样拿着火把，在田里不断奔跑，不断重复着呼喊，充满着希望，异常兴奋。

说起舞火把或搿火把这个习俗，可能要追溯到远古时期，具有悠久的历史。

杨老师告诉我，在石器时代，各种各样的兽类害虫比较多，糟蹋粮食作物，所以人们到了正月十五晚上，举着简易的火把，驱赶猛兽害虫，确保粮食作物能够喜获丰收。

杨老师是浙江人，他们老家舞火把的风俗与江苏差不多，也有的地方是正月十六舞火把，都是地方特色活动，也是群众流连忘返、喜闻乐见的传统习俗。

我们苏北老家也一样。这话一说，要回到上世纪 70 年代初，有一年的元宵节，我印象最为深刻，不仅有舞火把的家庭活动，还有撂火把的集体动作。我们生产队晒场前面靠近小河边有一块大大的空地,老人说这里是“死不悔改”的“盐碱滩”，因为盐碱成份大，无法种植庄稼，就一直长着茅草和各种猪吃的“菜”。

记得那年正月十五的晚上，我们生产队的晒场上空显得异常“红火”。家家户户大人带着小孩,来到这块空地上一起撂火把。大家用小麦秸秆扎成一大堆“把子”，先后醮上煤油，用火柴点燃后，一边尽情地喊叫，一边尽情地将火把向空中抛。当天空的火把落到地上还没有熄灭时，大家又捡起接着扔向空中，一时间，只见夜空中一个个通红的火把穿梭跳跃，十分壮观。人们欢呼雀跃，激动万分。

这时我和生产队的邻居本华、玉贵、亚东、群红和王小五子等小朋友，还会进行一场撂火把比赛。大家一字排开，每人手中一个火把，听大人喊着口令，同时向空中抛，看谁抛得最高。尽管那个时候我年龄最小，也总想跟大一点儿的本华、玉贵一起比试，结果，每次都撂得最低，但心里还是特别兴奋。撂火把的时候，我们的脸上常常沾上了黑灰，大家你看看我，我看看你，彼此都笑话着对方，十分有趣。

元宵节是中国传统文化中非常重要的节日，寓意着人们对美好的祝愿，希望万家灯火，百姓同乐。儿时，正月十五的元宵节，一个小火把闹出大“元宵”，那欢天喜地、其乐无穷的画面，永远镌刻在我的记忆里。随着时间的流逝，我也渐渐长大。然而，那曾经的火把“焦香”味，却不知为何慢慢地在淡去……

听得故乡音

朋友说，“有个回不去的地方叫故乡”。其实，回去与回不去在于各人想法，有的人在心中，有的人在眼前，有的人在远方，有的人却在梦中……

“为什么我的眼里常含泪水，因为，我对这土地爱得深沉。”是的，每个人心中都有一个最柔软和最温暖的地方，叫作故乡。故乡有我们最亲爱的家人，有最温馨的童年回忆，那是个你走到哪里都忘记不了的地方。心里牵挂再多，总有一方空地是留给故乡的。那个故乡，也是人，是一大堆人，是我们的亲人。无论我们走到哪里，她都会迎接晚归的你，就像轻抚一个回家的孩子。

“一声梧叶一声秋，一点芭蕉一点愁，三更归梦三更后。”很理解那些在外创业的游子，他们对故乡的情与义。听了他们的故事，才明白了回不去的地方叫故乡，到不了的地方叫远方，留下的只有乡愁，正如网上那句特别流行的一段话：“有工作的地方没有家，有家的地方没有工作。他乡容纳不下灵魂，故乡安置不了肉身。从此便有了远方，有了乡愁，有了漂泊和思念！”她就像一杯浓浓的茶，苦涩中透着几分淡雅；她就像萨克斯的声调，深远悠久，给你怀想；她就像四月的微风，温顺得令你激动不已。真是“人言落日是天涯，望极天涯不见家”。

他乡听得故乡音，且将他乡当故乡。故乡的炊烟像一根丝线，一头系着老家，一头系在我们的心头，它陪伴我们度过漫漫岁月，成为我们生活中难以忘却的记忆。朋友又说：“每个人心中都有两个故乡，一个是出生的那个地方，一个是不停探索自我、一直行走在路上的那个地方。”是的，我们每个人心中都应该有两个故乡：一个是物理故乡，是他无法选择的土生土长的地方；另一个是精神故乡，是他长大后找到的灵魂最舒适的地方。

余光中说：“世上本没有故乡，只因有了他乡；世上本没有思念，只因生了离别。”我们时常怀念那些年少无知的岁月，怀念那些简单善良的人们，怀念魂牵梦萦的故乡，只可惜，总是回不去……故乡，在每个人心里都是不同的。然而诸多不同里，我们却总能找到相异里的共通之处。无论哪个故乡，总会留在你的心上和身上，或者梦里。原来，心里的故乡，不是一个地方，而是一段时光，是那段无忧无虑的童年。

熟悉又陌生的故乡，陌生又亲切的家乡，慢慢变成了许多人心中更惦念的远方。其实，不管时光老与不老，在与不在，故乡永远都在！

拈花一笑

“初遇你时，被你的真诚和热情所吸引；了解你时，被你的善良和笑容所打动！”这是叶安安在某视频平台上献给吉连妍欣的话。

彝族女孩吉连妍欣，长相清纯，有着甜美的笑容和好看的脸蛋，就像邻居家的小妹妹一样，一出镜就吸引了众多粉丝，当然缘起还是叶安安。当一个人微笑时，世界便会爱上她。吉连妍欣“偶然”与叶安安相遇，就被叶安安迷住了，于是叶安安假装以“叔叔”这长辈身份关心她、帮助她，慢慢地走进了吉连妍欣的心里。吉连研欣和叶安安的故事在网络上爆红，许多网友送去祝福，都希望他们能跨越年龄界线，共结连理。

我们说，微笑是世界上最美丽的表情，微笑的面容比修饰的容妆更为美丽。吉连妍欣与叶安安初次见面，给对方的是一个自然的发自内心的面部微笑表情，在我看来，这是最好的见面礼。恋爱真的是一种很美妙的感觉，你看，微笑如一缕春风，安抚着他们浮躁的心情；微笑像一抹阳光，温暖他们纯洁的心灵。世上最美的风景，洋溢在他们两个人的脸上，那个时候世上只有他们两个人。

凡事从心起，一笑解千愁。有网友说：“历尽千帆才明白，内心宁静才能处世不惊，想法简单才可逍遥自在，常怀笑容才会事事顺心。笑看人生，才能拥有海阔天空的人生境界。”吉连妍欣随时随地将微笑写在脸上，也是叶安安喜欢她的一个重要理由。

我关注吉连妍欣和叶安安的视频也是从吉连妍欣的纯美的笑容开始的。郎才女貌的一对，吉连妍欣貌美、年轻，家庭条件不好，连一张吃饭的餐桌都没有。叶安安比吉连大十岁左右，事业有成，才华横溢，懂女孩子的心，也很开朗。因为爱情，叶安安陪吉连妍欣走一小时的山路，去和吉连放羊、摘茶叶，到小学做公益活动。吃饭时，装菜的碗都是放在地上，边吃边聊，时不时听到的是他们爽朗的笑声，就连小狗也在一旁见证他们的爱情。

在人世间只有爱是突如其来的、无孔不入的、欲生欲死的、小心翼翼的、没有对错的、关乎生死的、非此即彼的、千年不朽的。有一段视频，我看到吉连妍欣鞋底都是泥，她坐到叶安安车子的副驾驶后，那歉意的笑，让人好不心安，就怕弄脏干净的汽车内饰。叶安安说，哪怕你全身都是脏的，“叔叔”也觉得你是干净的。每次“叔叔”都那么贴心，车上放了切好的水果，还送了吉连妍欣手表、项链、包包等，吉连妍欣每次都很礼貌地婉拒着他的礼物，然而，叶安安也特会编，要么说是中奖中的，要么说是几十块钱买的。

人的婚姻真的是命中注定吗？他们远隔千里，竟然在大山相识相恋了？心中无尘心自安，岁月不扰暗香生。看他俩的直播视频，我总会暗暗地为他们加油鼓劲。我想，生活就如同一杯白开水，放入糖就是甜的，快乐其实来源于他们的内心。

荷兰花海《只有爱·戏剧幻城》总导演王潮歌说得好：“我觉得爱情是人生的极品，是不可以预测的，它跟心理没有关系，跟你受教育没有关系，跟你出身什么的没有关系，跟你所有的理论都没有关系，当你遇到那个人的时候，一瞬间，你所有的东西都投降了。特别美好，人的一辈子如果能遭遇到爱情，我认为是福份。”

世间风雨琳琅，山水终会相逢；纵有三千烦恼，不如拈花一笑。一个笑容就是一个世界，吉连妍欣与叶安安的故事，让我看到了笑的另一面，那就是爱情。

无愁河上的“00后”

人不思老，则老将不至。

他12岁，独自出门流浪；28岁，只有小学文凭却成为央美最年轻的副教授；32岁，创作出中国版画的经典之作《阿诗玛》；56岁，画了一张“猴票”，三十六年升值15万倍；64岁，英国《泰晤士报》用六个版面对其人其画做了专题报道；70岁，跑到意大利游学写生；80岁，《时尚杂志》为他拍摄封面；93岁，晚睡、抽烟，开着一辆红色法拉利去飙车；99岁，“入木版画艺术展”在扬州中国大运河博物馆开展。他就是不服老的黄永玉。

人生的下半程，越来越大的是年纪，越来越少的是勇气。太多人用年龄“框”住了自己，不敢尝试新鲜事物，逐渐丧失生活热情。记者采访过黄永玉，问他的“人生哲学”是什么，黄永玉说了两个字：“寻常。”记者心想，这也叫哲学吗？黄永玉接着说：“天上那么多高干子弟，七仙女为什么要下凡嫁董永？因为她什么都有，只缺寻常。”

每个人的心里都隐藏着一个庭院梦想，给我们一亩花田，种繁花似锦，看书插花，恰好与远处的山和湖水遥相呼应，成就一幅诗情画意。黄永玉就是在这样的庭院里享受精致的下午茶，煮一壶红茶待亲朋。他把平淡的生活经营得丰盈而精致，用高品质的生活，邂逅一生的豪情与浪漫。黄永玉的人生，一点都不寻常。提起黄永玉，林青霞一脸崇拜：“他是我见过的‘90后’中最年轻的汉子。”白岩松直言：“我这辈子的目标，就是老了能成为像黄永玉一样好玩的老头。”青春不是靠年龄来赋予意义，而是一种心境。

谁的生活都不可能一直是阳光明媚。生活会有风有雨，也会有阴晴圆缺，人生最好的拥有，就是有一个阳光的心态。心若年轻，岁月不老。经常有人说，黄永玉是“老顽童”；也有人说，黄永玉是最接近“00后”的“00后”，网络词汇“斜杠青年”就是他的写照——国画、油画、版画、漫画、木刻、雕塑样样精通，写起诗歌和小说来更是充满智慧和幽默；还有人说，黄永玉骨子里是百年前的侠客，按照江湖规矩过日子……永远有人在黄永玉身上贴着不同的标签，但如果说到大家对他最一致的评价，那就是“有趣”！

有人说：“人生，从来没有最好的年龄，只有最好的心境。在心里种一亩花田，生活便有了诗意，给生命一处留白，日子便有了闲趣，心中有景，花香满径。”当我们见过了最美的风景，感悟到了内心所想，在人生的路上，遇见过最好的人，也就会明白，如黄永玉一样让自己的生命如花，开得安静，静好时光，三餐四季，明媚安然。

在黄永玉的人生字典里，保持好的心态比拥有好的环境更重要，因为他知道心态才是他真正的主人，要么是他去驾驭命运，要么是命运驾驭他，他的心态决定谁是坐骑谁是骑师。

真正会玩的人，玩的是态度，玩的是自己一如既往的追求。

夕阳透入灵魂

冯骥才先生在《夕照透入书房》一文中，自问：怎样的事物才能真正地永存？

“阿房宫和华清池都已片瓦不留，李杜的名句和老庄的格言却一字不误地镌刻在每个华人的心里。世上延绵最久的还是非物质的——思想与精神。能够准确地记忆思想的只有文字。所以说，文字是我们的生命。”

很认同冯先生的观点。

孔子、孟子今何在？但《易传》《春秋》《孝经》《论语》《孟子》都在，很多人还在品读原文，回味经典。

莫言说：“文学是永远存在的。”文学的永恒需要与社会发展同步,因为当代就是未来的历史。勒克莱齐奥认同莫言的观点，甚至表示文学会比长城更不朽，因为文学给大家带来力量。文学可以写在纸上或屏幕上，形式不是很重要，关键是文学会以精神形式继续存在。

文学是语言的艺术，我们用语言讲故事，保持一个国家和民族的特性、心灵世界、生活景观和想象力，语言不死，文学就会永存。

一个民族千百年来所坚守的就是传统文化。

文化是一个民族在长期的历史演变中所积累和认同的精神准则，是一个国家的“根”，是一个民族的“魂”，是一个家庭的“家风”，是给子孙后代留下的精神基因。

文化是经过时间长河的涤荡与淘洗沉淀下来的精华，是人类历史的结晶，诚如《周易》云：“观乎人文，以化成天下。”

文字也是永存的。

时间会消磨一切，唯有文字是永恒的。古代很多东西都是通过文字传承的，文字让灵魂与思想永存，唯有文字承载的记忆才是永恒。

那么思想呢?

思想是指一个人的理想、理念以及对宇宙人生的思考与探索。身体不能永生，思想却可以永存。

那精神呢?

永恒，是个时间概念；存在，是个空间概念。永恒的存在，需要时间和空间答应才行。那它们俩能答应吗?它们俩自己能永恒吗?

这个，我真不知道!

烟火三百里

人才项目观摩家家到，有一站是东台。

我心心念念地想，这次要吃上一碗正宗的东台鱼汤面，晚上如果没有时间，早上也要到街上寻一家特色面馆，好好品尝。

当晚，入住东台迎宾馆，自助餐。

“你好！有没有面条？”

“有，东台鱼汤面，正宗的！”

“肯定正宗？”

“正宗是肯定的！”一旁的领班接过服务员的话回答我。

“好！来一碗，大汤小面！”

“东台鱼汤面源于清乾隆年间。相传，一位宫廷御厨因触犯御膳房条规被逐出宫门而流落东台，以摆摊卖鱼汤面条为生，从此声名远扬。以鲫鱼、鳝骨、猪大骨为主料，具有汤浓似乳、点滴成珠、鲜而不腥、肥而不腻的特点。1915 年，东台鱼汤面荣获巴拿马万国博览会荣誉奖，被誉为‘百年面点’，一绝天下，味溢四海。”在等面条的间隙，热情的领班，向我娓娓道来东台鱼汤面的来历。

“好，非常好！在第十四届中国美食节上，大丰鱼汤面被认定为‘中国名点’，您可知道？”我请教领班。

“这个，这个，我真不晓得！”

“其实，大丰、东台是一家，大丰的鱼汤面就是东台鱼汤面，一个祖宗，一个味！”

我的老家是大丰，过去叫台北，如此命名，是说位于东台之北。

中华文明源远流长，一些城市原本有着高大上的名字，改名后反而不如原名雅致，好比兰陵改名为枣庄，兰陵王就成了“枣庄王”。盐城的“台北”因与台湾省的台北重名，后被改为“大丰”。“大丰”两个字洋气，简单好记，又上口。

东台是老大哥，是我们学习的榜样。尤其是东台的饮食文化，一直引领苏中。

穿过红尘山海，难忘东台美味。东台，依水傍海，河流与大海的交汇形成了当地特色的美食文化，讲究的东台人对一碗面、一碗汤都有着独到的研究，东台风味更是让一片“吃”心的东台人魂牵梦萦。

我们常说，美食是一个城市最好的名片。因为，吃在嘴里，记在心里，想在梦里。其实，所有的乡愁都与馋有关，想念，也更多的是舌尖上的思念。

味道纯正的美食，总能挑逗人的味蕾。东台的菜与大丰一样，很有特色。东台菜的口味以咸鲜为主，甜味为辅，素有“咸鲜出头，少甜收口，咸甜适宜，清新爽口”之说。

东台厨师擅长各类水产的制作，菜肴花色众多，口味清新。在制作工艺上注重菜肴的时令性，使其情景交融，味道怡人。

菜肴注重装盘饱满，造型美观，烹调方法擅长烧、炒、蒸、焖、炸、熘等，常用的手法有扣碗、包裹、拼摆、蒸淋等，使菜肴更加整齐美观，绚丽多彩，诱人食欲。

“秋天响亮惟闻鹤，夜海朦胧每见珠。”在东台，有一道菜叫“烧杂烩”，大丰人也经常吃，我们叫“头道菜”。这个菜由炸猪皮、小肉圆、海带、竹笋、蛋皮、虾米、菜心、咸肉等十多种原料烩制而成。此菜点睛之笔是鱼汤，用鲜活的野生鲫鱼和鳝鱼骨油炸至酥后，再用开水熬制成鱼汤，汤鲜味美。最后把肉皮和配料放入鱼汤里小火焖制半小时，多种原料的滋味交融渗透，汤汁精华丝丝浸入，吃起来软糯味醇。

东台菜取材清新，鲜美甘香，蕴含一股纤细绵长的乡情力量，承载着东台人对过往岁月的思念与记忆。吃一口热食暖胃，喝一盅热汤暖身。万物渐藏的季节里，一道热菜即刻带来融化寒霜的能量。

东台乡下人吃饭烧菜也很有意思，与其他地方有所不同。多数人家每顿饭都要有汤；菜做好了，非要在上面撒葱花和小胡椒粉；鱼热的时候不吃，非得吃鱼冻，在上面还要倒上醋。家里平常都是老婆做饭，要是来了客人，反而是老公做饭。当地人都认为老公烧菜好吃、上档次，说到底是一种礼节，也是对客人的尊重。

东台有“烟火三百里，灶煎满天星”的煎盐历史，更有“陆陈熙攘，富甲一方”的市井繁华。而对于吃货来讲，最吸引人的是它那丰盛、美味、实惠的美食文化，喜欢的是那份独特的烟火味。

东台“十大碗”，是最能代表东台味道的传统桌菜。东台人热情好客，对待来客讲究一个“诚”字。旧时，款待客人，举办家宴都要用大海碗装满十大碗主菜。“十大碗”分别是烧杂烩、大鸡抱小鸡、萝卜烧大蛏、烩肉圆、红烧肉、红烧鱼、东台国菜、蛤蜊夹、麻虾炖蛋、芋头羹。这些菜看似简单，却精工细作，讲究十足，风味色香各有千秋，蕴含着东台地方传统菜的历史精髓。

八方来宾到东台，都想寻觅东台饮食文化之“根”，用嘴去真实品味东台的风土人情。好吃不贵的东台美食，满足各地吃货对地道美味的期盼。尽管有诗和远方，亦不可苟且每一餐。

跨越山海，走一遭风味东台，那是很值得的。

老百姓常说，东台鱼汤面，吃一碗，想三年。平淡的日子，循着鱼汤面的牵引，时光温柔缓慢，幸福触手可及。

寻味，寻的不仅是一种味道，更是一种情怀。今晚，我品尝了一碗正宗的“秋日暖汤”“舌尖馋面”。

好！真是好！

从容有余味

事从容则有余味，人从容则有余年。

拿破仑说："能控制好自己情绪的人，比能拿下一座城池的将军更伟大。"学会控制情绪，才能真正掌握自己的命运。

我来讲个故事：一天，饥饿的蛇爬进了一家木材加工厂寻找食物。当它穿过地上的锯子时，身体被锯子伤了一点儿，它愤怒地转过身去，一口咬住锯子，结果锯子丝毫无损，蛇却把自己的嘴也弄伤了。于是蛇愈发愤怒，它红着眼睛，再次冲上去用力地把锯子缠住，想要把锯子勒死。最后蛇用尽了全身"吃奶"的力气，也没伤害到锯子，反倒是自己被锯子锯死了！俗语云："冲动是魔鬼。"一时生气造成的后果可能真的无法估计。

世间多的是喜怒哀乐怨，岂有波澜不惊之道？世人与生俱来七情六欲，岂能完全无动于衷？"冲动是魔鬼"，人人都懂得，但是情绪上脑，往往顾不了太多，容易怒发冲冠，失去理智。很认可老同事周雪梅女士的观点："情绪的力量是无穷的，好情绪带给人们的是欢乐，坏情绪带来的却是破坏。一个人惜命的最好方式就是拒绝情绪内耗。"保持情绪稳定，是一个人最好的修养。在面对不如意的人和事时，谁都有可能会难过，会生气，甚至发脾气，但是有品位的人，往往是能够让情绪快速恢复平静的人。阿伯拉德亦曾说过：“火气甚大，容易引起愤怒的烦忧，是一种恶习而使心灵向着不正当的事情，那是一时的冲动而没有理智的行为。”弱者易怒如虎，强者平静如水。

发脾气是本能，控制脾气才是本事。蛇至死都没弄明白，害死它的不是锯子，而是自己失控的情绪。同样，控制不住自己情绪的人，最终只会伤人害己。心宁则智生，智生则事成。

与人善言，暖于布帛；伤人以言，深于矛戟。其实，控制情绪，就是一场修行。一个人唯有控制住自己的情绪，才能控制自己的人生。凡事懂得忍耐和包容，不抱怨，不计较，积极进取，管控好情绪，才是成就我们精彩人生的最佳胜券。

暖于布帛

很多时候，改变一个人，一句话就够了。

“我这大半生的岁月，其实就是被一个人的一句话，触动了心底那根不服输的弦，从而改变了我的人生轨迹。”这是我一个朋友的人生感叹。

这个朋友姓韦。当年，他辍学混社会的时候，初恋女友跟他说：“如果你这样混下去，我们根本就不可能有未来。”于是，他重新回到学校，发奋读书，考上了大学，为自己争了人生中的第一口气。这在上个世纪 80 年代，他的起点就高出了很多人，也让他在后续的孤身闯荡中有了吃饭的资本。

人的一生其实就是那么几个十字路口，左右都是路，但是踏上去却是截然不同的命运。关键时刻某人的一句话，的确能让你一步登天，当然也可能让你走入地狱。很多人都是在懵懵懂懂中随波前行的，能及时把握住人生中的“画龙点睛”，才是最幸运的。

一句话点亮人生，一句话净化心灵。一句话说得合宜，会使听见的人得到很大的益处。在美国的一个小城，一个黑人出租车司机载了一对白人母子，孩子问妈妈：“为什么司机叔叔的皮肤和我们不一样？”母亲微笑着回答：“因为上帝要让世界五彩缤纷，所以创造了不同颜色的人。”到了目的地，黑人司机坚决不收钱。他说：“小时候，我也曾经问过母亲同样的问题，但是母亲说我们是黑人，注定低人一等。如果她换成您的回答，今天的我可能是另外的一种人生！”

我听了这个故事后，说真的，感触很大。我们说的话都在撒着不同的种子，善良的语言可成就人的一生。口吐莲花的人，总是拥有化腐朽为神奇的力量和运势。

有网友在知乎上提问：“一句话是否能够改变一生？”我看到一则高赞留言中的故事是这样说的：美国女大学生凯西，某一天去甜甜圈店购买餐点时，遇见一名流浪汉。也许看出了对方的窘迫，善良的她替他买了单，还善意地问候了他一声，和他聊了聊天，对他说道：“您的生活一定会变好的！”没想到当凯西准备离开时，这个流浪汉却突然塞给她一张纸条，里面的“秘密”令凯西相当讶异：“我原本想在今天就结束自己的生命，但是因为遇见你，我现在不想了。谢谢你，美丽的人。”东西放错了地方就是垃圾。有些人不停地犯错，只不过是因为没有找准自己的位置。有时候，某一个人的一句话，便能够让一个人在山重水复之中，看见属于他的柳暗花明。

说话是人类特有的沟通技巧。温暖而真挚的话，会让一个人重拾光明。“写得很好！”很简单的一句话，却充满了无限的力量。职业作家戴尔凯夫谈到自己成长的经历时说，小时候他是个非常胆小害羞的孩子，几乎没有朋友，也没有信心，总觉得自己什么事也做不了。1965 年 10 月的一天，他所在中学的英语老师布劳斯太太给全班同学布置了一项作业，要求学生们去读哈波·李的小说，然后在小说的结尾处用自己的话续写一段文字。戴尔凯夫回家后认真完成了作业，然后交给了布劳斯太太。现在他已记不起当初他写的内容和布劳斯太太给他的分数了，但他仍清清楚楚地记得，并且永远不会忘记布劳斯太太在他的作文本的空白处写的那四个字——“写得很好！”这四个字，真的改变了他的一生。

俗话说：“一语惊醒梦中人。”浑浑噩噩过日子，不会改变命运。如果忽然醒悟过来了，人生来一个大转弯，就往相反的方向走了，会迎来新的春天。台湾作家林清玄有一次去一家羊肉馆用餐，老板突然激动地对他说：“您还记得我吗？”林清玄刚开始以为是某个热情的粉丝，仔细地打量了他一番，摇摇头说：“记不起来了。”老板也没觉得失望，反而忙不迭地跑到楼上拿出一张二十年前的旧报纸，上面刊登着林清玄的一篇文章，那时林清玄还是这家报社一名资历尚浅的年轻记者。这是一篇关于小偷的社会新闻，平淡无奇，类似的文章在林清玄的履历中屡见不鲜。也许看出了林清玄的不解，老板再次指了指文章的末尾。原来有感于小偷思维之缜密，作案手法之细腻，林清玄情不自禁地在文章最后发出感叹：“像思维如此细密，手法那么灵巧，风格这样独特的小偷，做任何一行都会有成就的！”“林先生，我就是当年那个小偷。”在林清玄面前，老板并没有隐讳当年的污点。“林先生，您写的那篇特稿，点亮了我生活的盲点，它使我想到，除了做小偷，我还可以做正经事！”

与人善言，暖于布帛。成年人谁不曾有过辛酸打拼的过往？谁不曾刻意地假装坚强？而有时候哪怕是陌生人不经意间的一句话，说不定直击人的灵魂，也许会带来温暖人心的力量。林清玄不曾想到，看似无心却有意的一句话，竟然影响了一个青年的一生。

我们生活在热闹又喧嚣的世界里。穿过耳廓的言语，有着潜移默化的力量。我看，这个世界很热，有时也很冷。人与人之间都需要一些不经意的温柔话语，来温暖人生。

到了山下拐个弯

“您信不信，好事总会发生在下一个转弯口？”老同学韦秀萍女士有一次在茶叙时很随意地问我。我毫不犹豫地回答：“我信！”

人生就像一盒各式各样的巧克力，你永远不知道下一块是什么口味。为什么这么说呢？因为谁也不知道明天会发生什么。所以不要纠结，做好当下，您只管努力，剩下的交给天意，如果事与愿违，上天一定另有安排。该拐弯时，提前做好准备，及时拐弯，是明智之举。

我听韦女士讲过比尔·盖茨拐弯的故事，很受益。比尔·盖茨读大二的时候，曾邀请一位叫科莱特的同学一起退学开发32Bit财务软件，但科莱特认为当时的Bit系统仍有许多难题有待攻克，于是拒绝了盖茨。十年后，科莱特终于攻克了无数Bit难题，成为了一位Bit专家。而盖茨退学后，毅然绕过了那个有无数难关需要攻克的Bit系统，开发出世界上独一无二的Eip财务软件，速度比Bit要快1500倍。

盖茨的事业为什么远比科莱特成功？有人说他是软件天才，有人说他是商业奇才。这样说不错，但这些答案把问题搞复杂了。掌握了“到了山下拐个弯”的人生哲学，是盖茨成功的一大原因。

"到了山下拐个弯"是意大利民间广为流传的一句谚语，意思是做事情需要变通，不要一股蛮劲往山上冲。

说起拐弯，这里还有一个故事，很有意思。曾经有一个年轻人，他立志要做个棒球名将，于是他每天辛苦勤奋地练球。但很不巧，他在一次比赛中严重扭伤了自己的手臂，医生建议他不要再从事剧烈运动，他伤心极了！经过一阵子的沉沦，他选择学画漫画，把原先打棒球的精神用在漫画上，数年后，他完成了《信不信由你》等名作，成了一位知名的漫画家，他叫罗博·李普莱。

其实，"到了山下拐个弯"，这句谚语来源于教皇英诺森三世执政时期的一场战争。一支精锐的十字军部队奉命去镇压一个名叫萨达尔的反动教会，为了支援十字军，英诺森三世又另外派了一支援军。行军路上有一座很高的山，十字军毅然朝山上进发，没有任何一种障碍可以阻挡他们前进的脚步。然而，等他们披荆斩棘、费尽千辛万苦来到萨达尔教会所在地时，却发现反动教会早已被原本走在他们后面的援军歼灭了。原来，援军在到达山脚下时，并没有像十字军那样勇敢地朝山顶进发，而是拐了一个弯绕过了那座山，虽然远了一些，但是走得更顺利，提前到达了反动教会所在地并歼灭了敌人。而那支精锐的十字军，虽然异常勇敢，但是也正是那种无所畏惧的勇气放慢了他们前进的步伐。

在我看来，迎难而上的勇气固然可贵，但这种勇气更需要理智的光辉。避开问题换一条路走，有时候看起来不够体面，却往往是一种高瞻远瞩的智慧。“你在凌晨的星空之下走过吗?你见过那些在星空下赶脚的人吗?事实上，是你在白日里看见他们的辉煌与成就，却没有看见他们在星夜之下一路赶脚!你只看到他们怀中的鲜花，台下的掌声，却没有看见他们拐了个弯如何踩着荆棘一路奔波。”韦女士的一番话又一次点拨了我。

人生之路漫长而曲折，如何走得轻松惬意，如何走得美好长远?我跟韦女士讲:“该前进时就要奋勇向前，该转弯时也要及时转弯。只有这样，才能遇见旖旎多姿的风景，走出一片属于自己的新天地!”她也很认同这个观点。

如果，我不努力，我羡慕谁都没有用;如果，我不尽力，成功就不会与我相聚。我与其哭着怨天怨地不公平，不如尽力往前走，走到灯火通明，也不要太担心，人生的路从来不是一条单行道。换句话说，如果我感觉我的生活不如意，那就尽管去努力。如果我努力了，还是觉着生活得不够好，那么，就不要羡慕别人，更不要妒忌别人，最好的办法还是尽管去再努力，用心加油，快马加鞭地前行，把那些糟粕的过去抛到九霄云外，把如意的生活追赶回来，这才是真正的“王道”。

行至水穷路自横，坐看云起天亦高。人，一定要懂得拐弯。

此程山高路远，我留给自己

最近，我一直在思考一个话题：人生的下半场该怎么走？文友陈劲松跟我说："一个人最好的状态就是不属于任何人，也不拥有任何人，减少期待，认真工作，好好生活，此程山高路远，我留给自己……"我觉得此话有一定的道理。

如果我对别人期待本来就很低，而这恰恰就是最好的期待，无论对方做得好与坏都不会影响到我的心情，我也不会感觉到失望。心理学家吉洛维奇做过一个很有意思的巴里·马尼洛实验。他要求康奈尔大学里的学生，穿上歌手巴里 · 马尼洛的 T 恤衫，然后走进一间还有其他学生在场的教室里。结果发现：在场只有 23% 的人注意到了他的 T 恤衫。可见，人们总是高估自己在周围人群中的影响力。生活中，我看到有很多东西是可遇不可求的，只有降低自己对他人的期待，才是避免失望的最好的选择。

我也曾经在朋友圈里见到过这样一句话："最容易让人感到温暖和惊喜的都是陌生人，因为对他们没有期望；最容易让人感到心酸的，是亲近的人，因为你爱他们。"而过高的期待，正是失落的根源。

人生的很多惊喜都来源于意外，那么提高幸福感最快的方式是什么呢？那就是降低期待。在明德书院恳谈会上，我遇到一个听课的女士，她叫王萍。

王萍当着我们一教室的人哭诉：“我的运气没有你们好啊，一生太不幸了！”王萍姊妹五人，她是老三，她总觉得父母给她的爱太少。她抹了抹眼泪，委屈地说：“为什么别人的父母那么好，我的父母却对我视而不见呢？”结婚后，老公是个不善言辞的人，不懂得浪漫，也没有办法给她富裕的生活。王萍抽噎起来，不甘心地讲：“为什么别人的老公那么能干体贴，我却遇不到呢？”好不容易将儿子养大，但是儿子在上海整天都忙自己的工作，除了手机转钱回来，平日里一个电话也没有。王萍神色落寞地问老师：“为什么别人的孩子，就能承欢膝下呢？”

书院的蔡老师听完，看着哭得悲戚的王萍，语重心长地说：“贪爱生恨，多欲生苦啊！问题还是出在你自己身上。你说你父母不好，但他们抚养你长大；你抱怨老公不好，他却老实本分；你责怪儿子不好，儿子牵挂着你。凡事退后一步，降低期待，美好就会如约而至。”简单的一节课，又让我进一步认清了“降低期待”四个字的深刻含义。

“开心的秘诀又是什么呢？”下课后，王萍在楼梯口拉着我探讨起刚才的议题。我借着蔡老师的话，劝慰她：“王大姐，你永远不要对任何人、任何事期待过高。你的开心指数与你期待值的高低有直接关系，往往是期待越大，失望就会越大。想要开心，就要降低你自己的期待值。我打个比方给你听，期待值为 100 时，得到 99 也会失望；期待值为 0 时，得到 1 也会觉得赚了。难道不是吗？”

降低对别人的期待不是以自己的想法去要求别人，而是通过改变自己让双方都处于一个非常合适的状态。你看，你不强求别人的同时，你就不会觉得为难自己，也不会让自己过得不快乐。

人啊，是一个怪东西，你一旦对什么产生依赖，就会让自己陷入无边的忐忑和长久的无奈中，王萍就是这样的人。从她身上，我看到的是没有人会成为她永远坚固的依靠，被狠狠拖住的早晚都会疲倦。因此，我们对任何人、任何事减少依赖和期待后，反而会觉得生活充满了意外和惊喜。

“玻璃大王”曹德旺曾说：“如果你曾经帮助过别人，一定要忘记，不然你心里有期待，后面就会很委屈。”最好的交往，是彼此舒服、低调朴素的。其实，日子每天都是新的，你要的不是崭新的开始，而是行动，从而转向一个崭新的结局。

减少期待，落落大方，提升自己，从容生活。这，也是我所向往的。

一滴秋雨瞰远外

昨日，一滴秋雨，便让秋有了清凉的韵致。

今天，出差至滨海，进入酒店后，房间内微香、安静。

入座，书桌前，一个人，一本书，一盏茶。浅秋的日子，安静且从容。浅浅淡淡的时光里，有着微微的凉意，有着寂寞的清欢，有着宁静的禅意。

稍息，翻阅案头《文旅》杂志，关于滨海小城的介绍映入眼帘。滨海是一座与海相拥的小城，一座不失古典气息的文化名城，时尚而优雅，知性而大气。公元1128年至1855年，古黄河从这里奔流入海；如今，淮河水和太平洋在这里交汇，东方新港正在崛起。滨海，作为一座被河海与人文浸润的城市，正充分挖掘资源、快速集结要素，描绘旅游业发展的动人画卷。当夕阳收起最后一道霞光的时候，夜空下的滨海县城更加迷人。

站在酒店16楼的窗前，鸟瞰远处，绽放的霓虹灯编织了夜的美，街头车水马龙……这夜景，流光溢彩。

我迫不及待地走出酒店。夜之滨海立即呈现在眼前，徜徉在灯火璀璨的街市，如昼的滨海夜色里，举目远眺，色彩斑斓的灯带正似跳跃的星光婉转起伏。绵延无尽的灯光给这个苏北县城镀上了一层金，把天空也映照出了别样的色彩。此时的滨海，万家灯火，灿若繁星，车水马龙，市民如织，各大商圈正迎来一天中最繁华忙碌的时刻。你看，三五成群的人，奔赴商场、小吃街和体育场，夜生活已经开始……

今夜，我打卡滨海，留影滨海，切身体验的是火树银花、七彩缤纷、月华如水、如梦似幻的“夜滨海”。对，这不是“夜上海”，是有别于上海的“夜滨海”。

知君颜色还如故

“相见无杂言，但道桑麻长。”在陶渊明《归园田居》笔下，桑树传达出特有的生活与乡土气息，有桑的地方，就有人家，桑林也就成了家园的代称。

昨晚，我读骆圣宏先生的散文集《知君颜色还如故》，知道书名的出处来自明朝王祎的一首诗，与青青的“桑”有关。

桑叶的青，自然而然地让我联想起了家乡那片桑树园。

小时候，老家的桑园，是我心中永远的绿洲。那一大块一大块的桑树地曾经是我和一帮小伙伴们童年和少年的乐园。发生在桑园地里的乐事、趣事、逗事迄今仍时不时浮现在我的脑海里。

每当春天来临，桑园便焕发出勃勃生机。嫩绿的桑叶像一片片翡翠，在微风中轻轻摇曳，仿佛在诉说着春天的故事。

阳光透过茂密的桑叶，洒下斑驳的光影。那时，我们一群小伙伴，手牵着手，在桑园里尽情奔跑，笑声和欢呼声此起彼伏，回荡在整片桑园的上空；我们在桑树下捉迷藏、玩泥巴，尽情享受着童年的欢乐。那片绿意盎然的土地，仿佛一颗翠绿的宝石，镶嵌在我童年的记忆里，闪烁着无尽的诱人光芒。

前些日子，春雨绵绵地湿润在家乡的桑树枝上，春阳暖暖地微熏在桑树根部。此时的春，早已到来，万物复苏，草木萌发。在蓝天白云下的苏北农村，现在还可以看到一望无际的青绿的桑园，以及桑树下面芳姿摇曳的繁花。

这个季节，正是桑树发芽生长的时节，青翠而娇嫩的叶片，不仅为春天点缀上了点点诗意，更是一户户农家的希望。

桑树爆芽后，很快会长叶。一片两片，三片四片五片，小叶大叶，一片片清丽可人的新叶，犹如我眼前的这本书，一页一页地展现在世人面前。从另外一个角度看，又恰似一张张青春勃发的面孔，在雨中浅唱，在风中舞蹈。

每一个风和日丽的日子，春风轻轻地吹拂农家人的脸庞，那是惬意的，畅快的。

桑叶青青桑椹紫，平原大地瞬间明媚而生动起来。远走他乡的游子，脚步一旦踏上生他养他的土地，就会情不自禁地爱上这片土地和长期生活在这里的人。

骆先生就是这样的人。从《知君颜色还如故》一书中的字里行间，可以一一感受到。其幽默诙谐和行云流水般的文字，让我觉得阅读是一种享受，可以感受到童年的快乐、青年的彷徨，以及一路走来的成长和内心的挣扎对其产生的影响，从中去体会他为人处世的原则，去思索他平凡而又不平凡的人生。

书里的一篇篇文章，如一片一片桑叶。尽管语言是平实的，内容是简洁的，却时时处处流露着真情实感，如邻家兄长般娓娓道来，亲切自然，让人毫无隔阂感。

桑树生叶青复青，知君颜色还如故。读书的时光是快乐的，眉眼温柔，日子自然变得可爱，好事正在酝酿。

三月的天气，也变得越来越暖和了。

今早出门，风轻轻地拂过脸庞，没有一点寒意。我看到河岸两旁的疏柳，已柔顺如丝，嫩芽点点，在微风中泛起淡淡的绿意，这是否意味着春已深？

上班的路上，我脑子里还在回味骆先生的青青桑树情，自言自语道：“这个书名起得好啊！”一个转弯口，轻踩了一下刹车，霎时让我明白了《知君颜色还如故》书名的另外一层蕴意，那就是——做人要做一个心怀桑梓、反哺家乡的守望者。

真是，读书读出真滋味！

行春风得秋雨

我经常问自己："自由是什么？"

自由不是让你想做什么就做什么，自由是教你不想做什么，就可以不做什么。

那么道德是什么？

你的行动准则能够成为普遍的法则，就是如果大家都这样做，世界会不会更好。

300多年前，德国有一个叫康德的人。有人说他是大哲学家，也有人说他是大作家。这都不重要。重要的是他说的一句话，对我影响很大。

康德是这样说的："世界上唯有两样东西能让我们的内心受到深深的震撼：一是我们头顶浩瀚灿烂的星空，一是我们心中崇高的道德法则。"

这话有道理。

然而，早在2500多年前，在我们中国，有一个人。有人说他是思想家，有人说他是政治家，而在我心目中，他应该是伟大的教育家。他，就是孔子。

孔子的描述则更简洁："己所不欲，勿施于人。"

说得直白一点儿，就是将心比心，推己及人。

我有一个朋友，他不是什么家，他是建筑设计师。他的名字叫舒保军。我问他："你对孔子这句话，怎么看？"

舒先生的话，更是通俗易懂。他说："人与人建立的关系准则，就是你想让别人怎么对你，你就怎么对人。"

不行春风，难得秋雨。其实，人心都是相通的，生活其实就是一面镜子。你怎么样，镜子里的人就会怎么样。

人性中，最深层的渴望是对重视的追求。我们心底深处，渴望得到他人的赞赏。如果你希望得到他人的认可，如果你想要证明自己的价值，如果你想肯定自己生存的意义，如果你想听到真诚的鼓励，那么请你"真心地赞美，不要吝啬赞赏之词"。

美国著名小说家霍尔·凯恩，是一个铁匠的儿子，他一生中接受的学校教育还不到8年，然而他去世时已成为那个时代最富有的作家之一。

凯恩在年轻的时候，喜爱著名诗人但丁·加布里埃尔·罗塞蒂的诗作，他就写了一篇稿子，高度赞扬罗塞蒂伟大的艺术成就，并将这份稿子寄给了罗塞蒂本人。罗塞蒂在阅读到这份稿子后说："一个能对我的才华给予如此高评价的年轻人一定也是出类拔萃的吧。"

于是，罗塞蒂就邀请凯恩来做他的秘书。凯恩的事业，也从此出现了转机，在他的工作生活中可以接触到很多出名的文学艺术家。在这个环境中，凯恩开始投身于写作事业，身边有很多人可以学习并给予他指导，最终凯恩的写作成就名扬全球。

看到这个故事，很多人会说在现在这个社会已经不现实了。

其实，这并不重要，当初凯恩写这份赞美信件的时候并没有想到会改变了他的一生。在现实生活中，也许我们得不到这么大的改变，但我们不得不承认，这就是诚恳、衷心地赞赏的力量，惊人的力量。

我现在明白了，所有人都希望得到尊重。那么，我为什么不先遵守这条法则呢？先把自己希望得到的赠予他人。

子非鱼，焉知鱼之乐？我们无法希望别人总是与我们合拍，但可以做到尊重对方的选择，体谅对方的不易，包容对方的不同。

人与人相处，不限制对方的自由，是一种教养；不滥用自己的自由，是一种明智。种春风，得秋雨，懂得换位思考，是一种素质，更是一种人生智慧。

附录一：

丹顶鹤与散文的飞行高度

——观鸟与读书平行笔记

马连义

今年立冬与小雪之间，我关注着两件事，一动一静。

第一件事是观察候鸟，几乎每天白天都要在野鹿荡观察候鸟南飞。晚间回到恒北村住地，读一读高新东先生的《光阴也长大》《秋色如春》《站在岸上赏月》《飞过一片时间的海》四本散文新著，这是第二件事。读着美文，想着鸟群，这个冬天比较安祥，不像去年此时，疫情肆虐，“兵荒马乱”的。

据观察，今年冬天野鹿荡有200多种候鸟在此过境或者越冬。近两周几乎每天都有贵客来，目不暇接。而高新东先生的散文，也几乎篇篇珠玑，赏心悦目。关键是两者高度切合。我数了一下，直接描述大自然的有100多篇，仅《站在岸上赏月》这一本就有30多篇，在现代散文写作案例中，这个比例很高。涉及明月、桃花、光束、浮生、潮汐、方塘、靠山，并有多处关于鸟的描述，风乎舞雩，天河绚灿。

我想起仙鹤的婉约与散文的尔雅。

我还想起仙鹤与散文的飞行高度。

我还想起仙鹤与散文的美学价值。

截至昨天，野鹿荡已见36只丹顶鹤、200多只东方白鹳、200多只黑脸琵鹭等国家一级保护飞鸟。黑脸琵鹭是从朝鲜半岛飞来的，在大连栖息一周，到野鹿荡休整10天，前天136只飞去祖国宝岛了，1200千米，飞行19个小时。丹顶鹤则选择在此越冬。每天中午太阳暖和的时候，丹顶鹤们在跳舞，集中在浅水滩或周边麦地的边沿。

野外归来，我在高新东先生的千篇散文中徜徉，竟然发现温和、温暖、温度是四本散文集的基调，冬日暖阳下的麦地，成为这些散文的背景。无论是致敬先贤、知人论世或点评当下，全部温文尔雅，娓娓道来，格物致知，沁人心脾。

在恒北村的方塘边，面前有几只喜鹊和麻雀在觅食，我与高新东先生讨论着仙鹤与散文的飞行高度。到野鹿荡越冬的丹顶鹤是从西伯利亚飞来的，那里有一个山口海拔1400米，是这条飞行线的基础高度。想想一个生命的个体，与同伴一起在云端飞翔，其视野，其胸怀，其对于自然资源的观照与选择，其领队在风雨交加中呼唤、指挥团队的风声鹤唳，是何等壮阔、豪迈与悲悯。

高新东先生在创作过程中，认真研读了20多位古今中外散文名家之作，发现优秀的散文都会飞，飞向高处，飞向远方，当它们像候鸟那样折回的时候，就完成了灵魂的洗礼和生命的轮回。高先生将这种领悟贯彻到他的作品之中，这些作品便格外流畅与豁达。

人生修为应当还有一种境界，叫作“自然美学陶冶”。比如清晨在一棵树的枝丫间，观察霞光将一张带着露珠的蜘蛛网映照得色彩斑斓；或者月明星稀的夜晚，仰视冬季大三角明亮的存在……我们在凝视，呈忘我状态，其实已经沉浸在宇宙级别的浪漫之中，这应当是顶级的修为。

对于我们平常之辈，天高云淡，望断南飞雁，就是世间极致美学和宇宙极别的浪漫。在这个冬天，我和本书作者一起，阅读了大量天行之物和世间散文，提升着散文写作与大自然联接的能力，计划着在我们世界遗产地的家乡，写作更多灵动的散文，展示大自然无尽生态之美。

2023 年 12 月 2 日于野鹿荡九船渡

（马连义：文化学者，本场人文化创始人，野鹿荡中华暗夜星空保护区创始人。）

附录二：

秋天，是欣赏的时节

陈素琴

秋天，是一种成熟，更蕴含着新的希望。

那天，在去上海的高铁上，我正心无旁骛地拜读高新东先生的散文时，突然接到一个电话，正巧是他打来的，请我给他的散文集写一篇书评，我既感到荣幸之至又甚恐自己不能写好。

高新东先生为人谦逊低调，做事稳健靠谱。他兴趣广泛，多有涉猎，无论是在书法、文学，还是在乒乓球、音乐、摄影等方面，均颇有建树。他的文学作品曾多次在“人民作家”等媒体上发表，我也是他的忠实粉丝。

能够给他的文章写点读后感，我真的非常幸运和幸福！30多年前，高新东先生是一名从盐城会计学校工业会计专业毕业的佼佼学子。30多年来，通过自己的不懈努力和深耕博采，他终于在文学的大地上开花结果，绽放芳华。

想当年，我刚大学毕业，一工作就有幸担任他们班的班主任。作为一名财会专业老师，看到优秀学生的散文集即将出版，我感到无比地自豪，更为他感到高兴！一路走来，我见证了他的成长、成才和成功。在为他点赞之余，又担心我不能胜任写书评的任务。

于是，工作之余，我又一次认真研读了《光阴也长大》《秋色如春》《站在岸上赏月》《飞过一片时间的海》四本书稿。每本书，都分为四辑，分别从四个维度层层铺展，步步递进。内容丰富，包罗万象。有写人、写景、写事，也有写历史故事，写小城文化，写人生感悟。每一辑、每一篇都高能赋氧，催人奋进！

高新东先生文笔细腻，温润如玉，没有哗众取宠，没有辞藻堆砌，字里行间流露出的是源于生活又高于生活的余甘之味。他的每一篇文章，都有自己独特的观察和思考，看似漫不经心，娓娓道来，实则于景于情于理中都能发散出金字塔般的大内涵。它可以引领读者酣畅淋漓，一口气追寻下去，充分感受他的身临其境……

生命是一场旅行，四季轮回，秋色如春。秋是收获，秋是沉甸，秋更是生生不息的希望。生活是一首战歌，只要用心弹奏，一定会响彻云霄。高新东先生就是这样一位用心用情演绎生活的高人。他的散文，会让您不知不觉中，从一个个鲜活的人物或事件中汲取到满满的社会正能量；也会让您与人物的命运紧紧相扣，产生休戚相关的共情效应；更会让您在人物的境遇和感思中留连忘返，蓄积力量。

“不积跬步，无以至千里；不积小流，无以成江海。”高新东先生就是这样一位向下扎根、向上生长的坚持者和追梦人。他的宽广胸怀和人生格局，相信每一位读者都能从他的书中，慢慢领悟，细细品味。

我感觉，拜读高新东先生的散文，真的是一种修行，它可以让人们抛开眼前所有的烦恼，完全沉浸在文章的意蕴和氛围中，充分领略出世的旷达。

“生活不止眼前的苟且,还有诗和远方。”高新东先生做到了，他用文字，把一个个平凡的烟火故事，写成了不平凡的书香和诗意，向读者真诚奉送了一份饱含浓情蜜意的美味佳肴，非常值得一读!

我为大家推荐高新东先生的散文集，相信您一定会醍醐灌顶,受益匪浅。凭善良处世,用阳光生活,以最好的心态面朝大海,春暖花开！“海到无边天作岸，山登绝顶我为峰。”高新东先生凭借多年的积累和沉淀，创造了人生的又一个辉煌！他的散文，值得大家认真研读，我祝贺他，为他鼓掌、喝彩！他的成功，更是我们做老师的无上光荣!

让我们一起拜读吧，赏一赏高新东先生温润的人间烟火和岁月清香。读书，是一个可以让人变得更加辽阔的过程。人间草木深，我心桃花源。一转眼，已入深秋，高新东先生也刚好正值人生的秋天。作为老师，我虽然比他大不了几岁，但是走入秋季，我欣赏到的却是满园春色。相信在不久的将来，高新东先生一定会创作出更多更美的文学奇葩，带给读者一个又一个更为惊喜的文学盛宴。祝愿他在文学的圣殿上，叱咤风云，一路雄起！

2023 年 11 月 16 日于上海

（陈素琴：学者、教授，系作者老师。）

附录三：

浪花雨露皆成诗

骆圣宏

有些人没有成为作家，有时不是因为他没有这个能力，而是他有另外的路要走；有些人没有作家的头衔，并不代表他没有作家的文采，只是我们未曾有机会遇见。

新东是一块玉，一块璞玉。这块璞玉，我花了二十年才识得他的本真。

他小我几岁，都在同一个城市，在不同的单位从事文字工作，并相继走上单位的领导岗位。尽管如此，和他原只是认识而已，没有真正地深入交流过。在我刻板的印象中，他也无非和其他众多文秘出身的官员一样，一个“刀笔吏”起家的不大不小的“官僚”而已。

去年在一次活动上再次遇到他，谈起自媒体平台“人民作家”，他滔滔不绝，谈了很多看法，没想到与我心中想的不谋而合，甚是惊奇。一天我去政府大院办事，时间比较宽裕，我就打电话给他，问他在不在办公室，方便的话去喝茶坐坐。他正好在，热情地邀请我过去坐坐。

进了他的办公室，堆积如山的书又一次震惊了我。有政治学习方面的书，有工作业务方面的书，有历史和地方史志方面的书，也有文学方面的，书橱里满满的，办公桌子上、条柜上、茶几上、空桌上，全部都是。

谈起梦想，他希望将来退休以后能有一间工作室，几个人一起喝喝茶，看看书，写写画画，晒晒太阳，聊聊天，那多好啊。

他的办公室在二楼，窗外树木葱茏，阳光甚好。我说，这也正是我的梦想。

我说，你现在工作这么忙，哪来时间看书的？他说，挤。每天晚上不仅要看书，还要写书法、记日记，还写了上千篇日记式小品文。我说，你可以写一些文章，我们“人民作家”给你发啊。他谦虚地说，以前在业务报刊上发表过不少散文、随笔，也在《北京文学》上发表过一篇散文，就是怕不符合“人民作家”的用稿标准。我说，你发来看看。

后来相继发表了他的几篇散文，反响很好。他为人很谦虚，喜欢听取各种意见，我这个人水平不高却又好为人师，我们的交流就多了起来，手机信息里、电话中、茶桌上，谈文学、谈往事、谈地方历史文化。和他交流，如沐松风，如濯山泉，如浴煦阳，又如高堂听诵，回响不绝！

今年春夏之交的时候，我说我正在整理以前的文稿，准备集中出版，建议他一起出。他说是随手记的，不一定符合出版要求。我说，你选一些出来，我们一起看看，能选多少就出多少。没想到，他竟然选出了四本书的稿子出来。可以说每一篇都精美如玉，一如他的人品一样。那些闪亮的句子、精美的段落、富于哲理的思辨，让我想到了璞玉。新东就是一块璞玉，平时低调地藏在泥土里，其实内心就是美玉。

他的文字，如同溪水从山涧流下，真诚而自然，自然而唯美，唯美而富于哲理，一切好似天成。然而细品，你就会发现，每一滴溪水无不是生活的大山挤压出来的。人生总会有许多压力，有些压力也只有自己默默承受，无可言说，无人能说。外在的风光，总会伴随无以言说的无奈、困顿、焦虑、无解。我想，既有温情和友爱，也一定会有阿谀逢迎、伪善欺诈。善良的父母传承给他那些正直的品德和原始的正义感，时刻提醒着他如何做人做事，良知和现实的冲突无时不在。

纷繁复杂的机关事务，会让人变得平庸而琐碎；组织人事的特殊性，也总会见识人性的多面性；特殊的身份，也让亲情、友情变得更加复杂而敏感，等等。

新东喜欢听音乐，也喜欢写书法。音乐和书法都强调协调、和谐及内在的韵律，正如他享受音乐之美、书法之美一样，他能通过内心的自我治愈，把人生中的风雨揉碎、消解，把生活的点滴雨露放大、呵护，然后升华成一道道思想的彩虹，并用优美而抒情的文字记录下来。他用文字的形式，时刻和灵魂对表，在日复一日的对照中，修炼提升了自己，也无意中为我们读者留下了一笔宝贵的财富，既是文学财富，也是独特的精神财富。正可谓无心插柳柳成荫。

他这样写道："只有熬出来的日子，才有滋味，越是难熬的时候，越要让自己开心快乐。在喧嚣的世界中，我也常常感到迷茫和焦虑。每天忙忙碌碌地工作、赶路、应酬、养家，还要抽时间运动、看书、写字、听音乐，生活节奏快得让人透不过气来。在这样的日子里，我似乎忽略了自己内心最真实的声音。""适合自己的就好，不必活在别人的眼光里。芭蕉是我种的，我不怨芭蕉。"（《种了芭蕉亦不怨芭蕉》）

绵延的思绪无不是人生智慧的结晶，看似普通的不能再普通却又十分深刻的思想浪花无不是从毛孔里抠出来的血珠。

他的这些文字，不仅让我们感受到文学之美、语言之美、哲思之美，也让我们体味到生活之美、人性之美、亲情之美、友情之美。

他在写下这些文字时，并没有想要发表或出版，只是作为人生的感悟随手记录，正因如此，它没有通常的作文套路和矫情造作，更多的是真情的流露。真实才有力量，真情才能打动人。

唯美的文字，流畅的文笔，从容豁达的情怀，纵横捭阖的叙述，委婉跌宕的思绪，摇曳生辉的思想火花，变化多姿的行文风格，回味无穷的诗意表达，形成"新东式哲思散文"独特的审美意趣。

一段对话，一次茶叙，不经意的一瞥，抑或花草树木、浪花和雨露，在他的笔下和心底皆有了诗意，有了禅味和人生哲理。他的文字让我想到了林清玄，也让我想到了汪曾祺，虽然未达到二位名家的境界，却也不乏一些神韵。

汇集成册的这些作品，是从众多作品中精选出来的，许多句子、段落、篇章，让人爱不释手，流连忘返，真的值得我们花时间去好好读一读，仔细品味品味，不同的人，或许都能从中找到自己情感共振的点。

姜琍敏，江苏散文学会会长，曾任中国散文学会副会长、《雨花》杂志的主编，他第一次见到高新东的文章即给予高度赞赏，并自己操刀为新东的书写序言。作品能得到省级文学大刊曾经的主编认可并亲自写序，这对于每个文学爱好者来说，是莫大的肯定和荣耀，也是梦寐以求的美事。

现在写文章的人很多，有些人是为写文章而写文章，为写风景而写风景，为写故事而写故事，看山是山，看水是水，只有自然的真实，没有艺术的真实。高新东却不同，许多作品早已看山不是山，看水不是水，有的虽然看山还是山，看水还是水，但他笔下的那些山，那些水，那些人，那些事，与生活的本真有了本质的区别，有了更多的他性，好多从自然的真实上升到艺术的真实、形而上的真实。

同样，写美文和小品文的人很多，但在人性角力场淬火锤炼几十年的高新东，如崎岖峻美的高山，高山之下，无不压抑着火山过后的壮怀激烈；他那平静如家常的文字背后，也有着壮怀激烈后的释然。因而，同样的树木花草和闲情逸致，在他的笔下就多了几分深刻和大度，多了几分人生的睿智和宽容。

“如果我错过了太阳和月亮，别急，我还有繁星。如果这个世界上什么事都是完美的，那就没有真正的完美。正是有了这些不完美，才能衬托出其他的完美。更重要的是在遗憾中会催生一种勇气，难道不能说遗憾也是一种向上的力量吗？”（《遗憾是岁月的成全》）

读高新东的这几本书，我想，一定会有与读其他书不一样的情感体验、人生感悟和美学收获。

心理学上有一种疗法叫叙事疗法，他通过每天的个人生活、思绪感悟的记述，治愈自己那颗四处闯荡的心，今天我们有幸读到这些文字，不仅可以看电影般地去经历、体验他曾经的情感、思绪、场景，这些文字也可以随时抚慰我们在不同年龄阶段、不同人生场景中受伤的那颗心。

别人把风花雪月过成一地鸡毛，他把平凡和庸常过成诗情画意。

新东的这些文字，不仅可以让我们享受到文学之美，还可以让我们感受到他的为人之美、谦逊之美和善良之美。

新东和我一样，出生在一个贫寒的农民家庭，尽管他小我几岁，人生经历却是大同小异。我自认为已经很勤奋、很励志了，但跟他比起来，却是自愧不如，特别是他的自律、做人做事、温良谦恭，更是我望尘莫及。

20 世纪 80 年代，国家急需人才，每年通过中考，从初中毕业生中优先录取优秀学子到各个职业学校上中专。就这样，高新东考上了财会学校。跳出农门，即将捧上“铁饭碗”，他没有躺平睡大觉，而是如饥似渴地读书。毕业后分配到乡镇财政所，他一边工作，一边学着写业务文章、写新闻报道、写随笔和散文，甚至写小说。不久，他的才能被上级领导发现，调其到县财政局工作。

到了县局以后，他除了做好自己的业务工作之外，继续写作，并主动承担了许多份外的工作。同时参加自学考试，先后取得大专和本科文凭。县纪委发现了他这个人才，协商调他去，被他单位领导回绝；接着组织人事部门也发现了他，直接将他调了过去。

繁忙的工作中他仍然坚持学习和写作，把别人打牌、喝酒的时间用来充实自己。即使现在已经当上了领导干部，他每个月至少也要读五六本书，睡前读，出差途中也读。网上有句话说，每个成功人士光鲜的背后，莫不是苦行僧般的生活。这句话，我觉得放在他身上也同样适用。

“只有自己绽放了，才能被别人看见，去吸引相同频率的人。没有人能主宰我们的幸福，把一切都押注在别人身上时，什么都是被动的。爱自己，更爱他人，才是终身幸福的开始。每段人生都不一样，每个人的经历也有所不同，追求的愿望也自然不一样。不看轻别人的梦想，也不妄自菲薄自己的追求。照顾好自己，也顾及他人，开启幸福余生。”(《偏爱自己》)

只要你认真读完他这四本新书，除了能感受到文学之美外，一定也会读到他不一样的人生故事，感受到励志向上的精神风貌、兼收并蓄的阔大情怀、谦逊自律的良好品质，等等。我想，他不仅是我们同龄人的楷模，也应该是青少年学习的榜样。

我常爱荷花，但我如何才能做到荷花般高洁？我常羡松柏，我又如何能像松柏般挺拔伟岸？亲君子而远小人，读一读新东先生的文字，也是我们从善如流的一次身体力行，让我们生命里的每一朵浪花雨露也能诗意般开放。

2023 年 11 月 28 日于杭州

（骆圣宏：当代公安非虚构作家，中国平安文化理论创立者，新媒体文学平台“人民作家”总编辑。）

附录四：

光阴的宝藏是永恒

高　雅

2023 年 10 月 27 日，爸爸发来信息，说要送我一台相机，鼓励我多记录生活的美好。原来，今天是我的生日。就在这一天，爸爸的散文集初稿尘埃落定，寄来给我，希望我写一篇感言。

受益于父母的开明，我自小就在一个非常独立且包容的家庭环境里长大，看了不少的闲书，也走了不小的世界。

大概从高中开始，成长道路上的每一个关键决定，父母都是给了我全部决策权，同时又极为鼓励我发展自己的兴趣爱好，在他们的能力范围内给了我最好的生活条件和发展空间。

这样的教育，也成就了我一直以来非常独立且勇敢的性格。拿到书稿后，由于工作繁忙，只能抽出碎片时间，时不时地看两篇，就这么从细枝末节里发掘了一些我成长环境背后的故事。

《光阴也长大》《秋色如春》《站在岸上赏月》《飞过一片时间的海》这四本散文集，按照人生的脉络和内心的独白，真实、平淡却温柔地讲述着爸爸从童年到学生时代再到工作以后的所思、所想和所悟。

很多故事，我从未听说过，但通过这些娓娓道来的文字，我却感受到了奇妙的时空连接，仿佛将现在的我与童年的爸爸相牵在了一起。可能正是因为爸爸经历过的故事、形成的人生态度，才体现在了对我的教育上，也言传身教、潜移默化地形成了我的自我认同和人格特征。

从前我并不迷信基因或是遗传的力量，只觉得人是独立的个体，都有各自的风采。可当我看到散文集后记里爸爸这么形容自己的工作风格："这么多年，我乐意做铺垫、辅助、幕后和助人的工作，更多的时候还跑了不少'龙套'，不希望自己多出'风头'，多'显摆'，只是想多做事、多思考、少说话。"我才真正感受到了命运的齿轮似乎早就开始转动。不知不觉中，我好像也成长为一个带有明显家庭色彩的大人，踏实做事，真诚做人，默默地接受着命运标好的价码。

《想念史铁生》中有这么一段话："一个人十三四岁的夏天，在路上捡到一支真枪。因为年少无知，天不怕地不怕，他扣下扳机。没有人死，也没有人受伤。他认为自己开了空枪。后来他三四十岁或者更老，走在路上听到背后有隐隐约约的风声。他停下来转过身去，子弹正中眉心。"教育提前为我灌输思想，而在我拥有阅历那一刻，醍醐灌顶，茅塞顿开。

我在上学的时候，总是急着赶路读书，从未曾品味文人风骨，总以为那些美好的词句，是束缚自己的粗布麻绳。回望时才发现，一切皆是熠熠生辉的丝绸缎带。教育的真正意义在于知行合一，它往往具有长期性和滞后性。子弹正中眉心的那一刻，之前的所学，才算真正意义上完成了任务。

在记性好的时候，记住了那些文章，然后在接下来的人生长河中慢慢品味。读完这四本散文集，爸爸的岁月中扣下的扳机仿佛正中了我的眉心。我想，这枚子弹是光阴的宝藏。

人们总说，人无法同时拥有青春和对青春的感受。可贵的是，我在仍算得上青春的年纪，读到了爸爸对青春的感受，虽然时空交错，但是也算是另一种同时拥有。

“岁月并非永远年轻，光阴也会长大。”而光阴的宝藏是永恒的。

2023 年 11 月 20 日于南京

（高雅：目前在南京工作，系作者女儿。）

后　记

要不要写这后记？

那天，在梧桐悦读新空间，几个文友聚在一起，品着秋天的“第一杯红茶”。午后，阳光透过厚厚的玻璃，泻满整个空间，温暖地洒落在脸颊上，令人很是惬意。

秋天，一个收获的时节，我的内心显得格外宁静。桌面上，铺开的是我的散文书稿。大家议到书的后记。我的本意是不想写后记了，为什么这么说呢？

主要有几个方面的因素。一来，我的心路历程，在许多文章中都写到，想说的话也都说了，书至尾端，再写后记，是否有画蛇添足之嫌？二是，我阅读学习过许多名家的散文集，也有一定的感慨。2023 年 9 月，我有幸去南京师范大学参加培训，在学校对面的先锋书店，我一口气买了余秋雨、贾平凹、林清玄、余华和毕飞宇等多名作家的散文集，最终发现他们也不是每本书都写后记的。回头想想，我许多篇散文的风格，也都是从一些名家的美文中汲取营养而逐步形成的。他们的散文集没有后记，而我一个普通的文学爱好者为什么要写后记呢？其三，与我的做人原则有关。这么多年，我乐意做铺垫、辅助、幕后和助人的工作，更多的时候还跑了不少“龙套”，不希望自己多出“风头”、多“显摆”，只是想多做事、多思考、少说话。

一起茶叙的文友圣宏先生与劲松、晓芸两位老师都劝我，还是要写一个后记。不为别的，只为读者着想，你要告诉人家，你为什么要出书？你一个学会计的“理工男”，怎么又变成了“文字匠”？说得都在理。

实事求是地讲，我还是听得进好的意见和建议的，这样也是为了能不断提升我自己。当晚，在自家的书房里，我开始琢磨如何起笔后记。想着想着，不由得思绪万千。

我是一个出生在苏北的农家孩子，没有上过幼儿园，也不知道什么是学前班。八岁时，和生产队其他小朋友一样，背着黄书包，独自走路上一年级，从来没有享受过父母的接送。教我们课的，大多是苏州、无锡的知青和本大队高中（也有初中）毕业的代课老师。

上小学对我来说，不是压力，而是新鲜、热闹和好奇。上课常常是“小和尚念经——有口无心”，跟着本来就不专业的老师，一起读拼音字母，学说普通话，学做“1+2 等于几”的数学题。

背课文，真是一项“苦交易”。最喜好的是体育课，操场才是我们这些天真孩童的“练兵场”。

三年级，要写作文了。说实在的，我不会写，大多数同学也和我一样。怎么办？于是，我就求教于读过几天书的妈妈。忙完一天农活，吃过晚饭，在煤油灯下，妈妈说一句，我写一句，才把作文勉强完成。

做了妈妈半年的“秘书”后，我似乎有点儿“开窍”了，知道怎么写作文了，也悟出了一些写作文的“秘诀”。那就是紧扣主题，抓住关键词和核心内容，把心里想说的话说出来、写出来，这就是作文。可见，妈妈才是我的第一任写作老师，而且是一个出色的好老师。

那时候，农村每家都养几头猪、几只羊。我们放学后，都有一个任务，必须挑一篮子猪菜或羊草。挑猪菜、羊草对我来说不是大事，我了解它们的“市场”，那就是生产队西北片“三条田”里的猪菜最多，东北片“六排沟”东北角靠河边羊草遍地都是，一般一篮子的任务，我半个小时就能完成。这时，我会从篮子底下掏出带过来的书，坐在清澈的小河边、棉花田埂上或者农家的草堆旁，美滋滋地看上一个小时书。识字不全的我，就这样似懂非懂地被一本本书中的故事打动着……

清晰地记得，有一天傍晚，借着夕阳的余晖，当我看完一部“大块头”的书后，就对着落日发呆，想象多少年后，我该是像隔壁邻居本才、玉春一样种田养家，还是像本怀、忠华一样学一门手艺？抑或像贵忠、本华一样参军报国？都不是，我只想到新华书店去当一名营业员，或是到图书馆做一个管理员，一生与书相伴。

再后来，我考入盐城会计学校，开启了四年的求学之路。在那里，我既学到了专业知识，又悟到了许多做人的道理，最重要的是还学会了思考，形成了可以支撑自己一辈子的人生观和价值观。

盐城会计学校改变我的不仅是身份，更是命运。那时，学校刚刚从在龙冈的税训班搬到盐城新校区不久，正处于从白手起家到逐步完善的阶段，图书馆还在筹建之中，好在盐城市图书馆距离学校不是很远，我常常过去借书，抑或到老城区的新华书店“蹭书”。在盐城会计学校期间，我有幸在国家级报刊上发表了我人生的第一篇“大文章”，这也为我今后的文字工作树立了自信，奠定了坚实的基石。

工作后，我先后在《中国财政》《中国财经报》《国内动态清样》《北京文学》《中国组织人事报》《新华日报》《盐阜大众报》等报刊及“人民作家”、微博、今日头条、美篇等网络平台发表论文、通讯、随笔、散文、小说1000余篇。

一日下班途中，一缕斜阳划过我的眼际，一群大雁从头顶掠过，径直飞向南方。低头一看，随着一阵微风吹过，目光所及之处，一片枫叶正从我的眼前飘过，紧接着，两片、三片、四片……恰似我的小品文一篇又一篇面世，真的令我无限感慨。

多年来，我一直坚持着一些生活习惯。比如，每天晚上必须保留一到两个小时，用于看书、练字、写作和听音乐。再比如，每天坚持写日记，把工作和生活中所见、所思、所想都及时用文字记录下来，每每有成熟的小品文，也会在相关的公众号上予以发布。另外，我还有一个爱好就是喜欢文摘，这一习惯坚持了40多年。从上初中开始，我就专门有个摘录本，先是摘抄歌词、诗词，后来在看书过程中，会摘抄优美的散文词句，手抄、剪贴各类美文美句。

有了网络后，我开始用台式机、笔记本、平板、手机等工具摘录，并且还有意识地对一些文字加入自己的思想，再加工、再提升、再完善，最终形成了后来的“心论语”栏目品牌。我估算了一下，也积累了有60多万文字，这些都为我的散文创作扎下了根基，铺好了路。

2023年夏日，一个要好的文友邀我一起品茶。我一边品味着清香的茶叶，一边心怀畅想，每一个品种加茶叶都有它们各自别具一格的脾性和滋润,这不好似一本本厚厚实实的“书”吗?

茶如此，那么人呢?我们每一个人也应该都是一本书。文友说：“我秋天要组织出版一套书，你可以把过去的散文整理一下，拿来出版，这也算是对我们过往的人生留个烙印。”我当场表态，真是太好啦!

对这事，我认了真。每逢周末，我都会用心整理散落在各类媒体的小品文，前后梳理了大概1000多篇，做过一次删减后，留下500多篇，后来又二次删减为280多篇，最终形成四本书体量的文稿。

坦率地说，我写散文，纯属个人爱好，只是想让自己工作和生活中的一些经历、想法和感慨，能以文字的形式记录下来，好多小品文甚至都还没有来得及二次深加工。更多的小品文则是与朋友、同事、同学和家人在吃饭、喝茶、聊天过程中的一些体会。有的可能是他们说过的一件事，也有的是他们感叹的一句话,或者是大家讨论过的一个话题。从未想过能有汇编成集、出书成册的这一天，只是作为日记保留了下来。要说出版，这本书更像“围炉煮茶”,或者叫“自说自话”。文友说,这样不行，太土太老太模式化，散文集还是要有散文集的模样。

为此，我没有少跑图书馆和新华书店，专门学习探索散文集到底该怎么“集”、怎么编、怎么整、怎么合以及怎么出新。

“文章千古事,得失寸心知。”我想,我就按时间顺序编排吧：从最初喜爱文学，到坚持业余创作，再到后来发表文章；由出生记事，到懵懂开悟；从小学到初中，由外出求学到工作就业；从恋爱结婚到女儿长大；由父母养我渐渐长大，到我陪父母慢慢变老。从一路走来的点点墨香中，我梳理出了一个大体的脉络。

这也就有了后来的散文“集叙”的故事。从《光阴也长大》说起,悄然间到了人生的秋天——《秋色如春》。此时的我,《站在岸上赏月》,看人间烟火,思万里长城。《飞过一片时间的海》,在思绪起伏的文字中感悟生命的美好，享受时间的恩赐。

按照文章不同的内容，我将它们归类为四个专辑，看似不同章节，但其实贯穿着时间以及内心独白这根主线。时间跨度说大不大，说小也不小，弹指一挥间，四五十年就这样过去了，这可是我一生中最为宝贵的年华。我曾经一度认为，是自己把最美好的光阴拿来折腾了，可如今再回首，那些没有被折腾过的光阴就等于蹉跎岁月。在这些作品中，我把自己的人生过往兜底捧出，以期给心灵一个赤诚交待。

是的，散文本身就是一种心灵的独白，是心灵对于现实、对于历史的一种感悟，它需要抒发、明辨和呼唤，有时也需要无言的感恩——感天地、感时世、感人物、感情景。那么，对我来说，有感触有感想有感悟，就需要独白，需要交流，需要更多的表达方式，于是便有了您手中的这本散文集。

《秋色如春》这本书共68篇小文，这些小文有的是在夜深人静时写的，有的是趁午休空闲时写的，有的是在飞机上、候车室和动车上写的。有些写起来壮志满怀，有些写起来怅然若失，有些写起来黯然神伤，甚至泪流满面……但无论何情何境，都是我真情实意的流露，莫不充满着对美好生活的向往。

以赤子之心爱世界，以真诚之笔写人间。在人生的秋季出书，无关成名、无关成家，只希望我生命里感动我心的点点滴滴，也能感动到打开这本书的您。

书中有些文字还略显粗糙，有些语句还不尽完美，但它们却实实在在地满足了我通过文字来表达对生命的敬畏，对生活的热爱，以及对身边亲人朋友和领导、同事的感恩。

值此《秋色如春》一书出版之际，首先，我要感谢我的家人，感谢我的太太沈卫华女士，是她给予了我全方位的关心和支持，为我提供了宝贵的创作时间！我还要感谢我的宝贝女儿高雅，她在忙碌的工作之余专门为本书写了读后感！我衷心感谢蒋巍、姜琍敏、朱寿桐三位大家，感谢著名文化学者马连义先生、班主任陈素琴老师和文友骆圣宏先生，感谢你们在百忙之中为本书作序、写评、写感！我还要感谢诸多文友，帮我审阅初稿，给我提供许多有益的建议和意见。我特别要感谢江苏凤凰文艺出版社姚丽、梁雪波两位老师，没有你们的精心策划和悉心指导，就没有我这本书的成功面世。在此，谢谢你们！

最后，我还要感谢这个伟大的时代，是时代为我提供了一个让人生出彩，让梦想成真的大好契机！我也要感谢每一个正在阅读的您！因为有缘，我们相遇；因为有缘，我们相识。让我们一起与时代共成长、同进步！谢谢！

高新东

2023 年 12 月 21 日于盐城